에이스가
되자

WISHBOOKS MODERN FANTASY STORY
한지훈 장편소설

보다 높이

에이스^가 되자 2

한지훈 장편소설

초판 1쇄 찍은 날 | 2017년 4월 28일
초판 1쇄 펴낸 날 | 2017년 5월 10일

지은이 | 한지훈
펴낸이 | 예경원

기획 | 위시북스
편집책임 | 박우진
편집 | 이즈플러스

펴낸곳 | 예원북스
등록번호 | 제396-2012-000132호
등록일자 | 2012. 7. 25
KFN | 제1-100호

주소 | 경기도 고양시 일산동구 호수로 646-24 위너스21 II 빌딩 206A호 (우)10401
전화 | 031-819-9431 팩스 | 031-817-9432
E-mail | yewonbooks@naver.com

ISBN 979-11-6098-233-6 04810
       979-11-6098-231-2 (set)

에이스가 되자

WISHBOOKS MODERN FANTASY STORY

한지훈 장편소설

되자

보다 높이

2

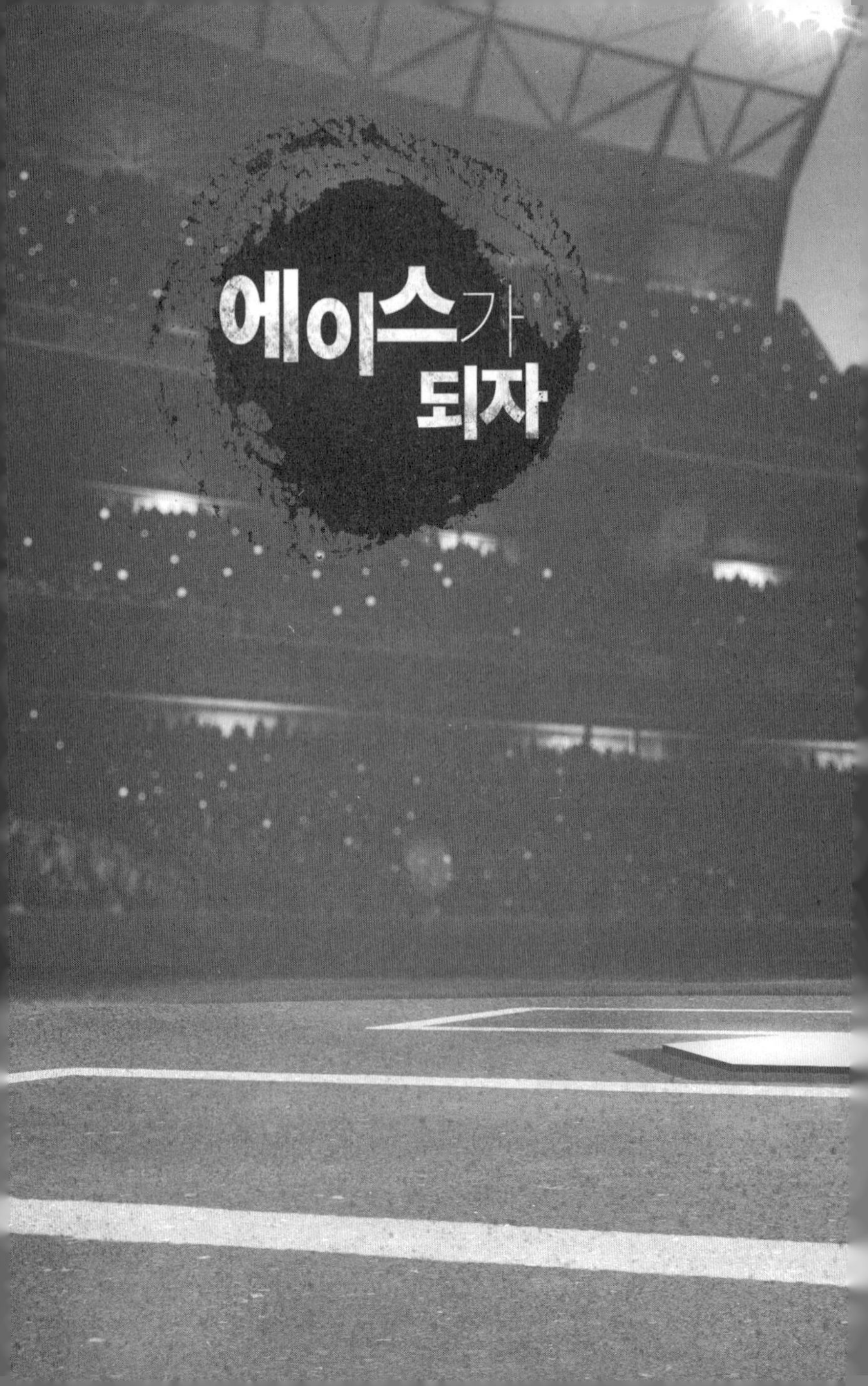
에이스가
되자

CONTENTS

8장
반전

1

–아아! 박건호 선수, 지금 대단한 공을 던졌습니다.

–박건호 선수가 몸 쪽 높은 포심 패스트볼을 던져서 송지상 선수의 헛스윙을 유도해 냈는데요. 전광판에 구속이 무려 157㎞/h가 찍혔습니다!

–구속도 구속이지만 스트라이크를 잡아냈다는 게 더 대견합니다. 프로 야구 중계 때도 매번 하는 이야기입니다만, 지금 같은 위기 상황에서는 초구 스트라이크가 중요합니다. 타자가 꼼짝 못하는 공을 던지든 타자가 칠 만한 공을 던져서 파울을 유도하든 간에 초구에 스트라이크를 잡는 것과 그렇지

못하는 건 엄청난 차이가 있죠.

　-위기 상황일수록 볼카운트를 유리하게 끌고 가야 한다는 말씀이시죠?

　-그렇습니다. 사실 루상에 주자가 꽉 들어차 있을 때 부담스러운 건 투수만이 아닙니다. 타자도 어떻게든 불러들여야 한다는 부담이 크죠.

　-그럼 그 부담감의 차이를 결정짓는 게 바로 볼카운트겠네요?

　-바로 그겁니다. 박건호 선수가 초구 스트라이크를 잡아내면서 송지상 선수의 부담감이 엄청나게 커졌습니다. 무사 상황이니 다들 송지상 선수가 못해도 3루 주자는 불러들여 줄 거라 생각하고 있거든요.

　-게다가 팀의 4번 타자로서 책임감도 크겠죠.

　-반면 박건호 선수는 초구에 몸 쪽 꽉 찬 포심 패스트볼을 던져서 두 마리 토끼를 잡아냈습니다.

　-하나는 볼카운트에서 앞서가는 것일 테고요. 다른 하나는 뭔가요?

　-바로 기싸움이죠.

　-기싸움이요?

　-초구에 헛스윙 한 것으로 봐서 송지상 선수는 아마 포심 패스트볼을 노렸던 것 같습니다. 볼카운트가 몰리기 전에 포

심 패스트볼이 들어온다면 놓치지 않고 받아칠 계산이었던 거죠.

―그런데 그 포심 패스트볼이 초구에 들어오면서 계산이 틀어졌다는 말씀이신가요?

―그렇습니다. 심지어 포심 패스트볼을 노렸는데 헛스윙이 되고 말았으니 송지상 선수의 머릿속은 더 뒤죽박죽이 되어 있을 겁니다.

―그렇군요.

캐스터 강시원이 불편한 눈으로 해설가 이응철을 바라봤다. 이번 대회만 시범적으로 프로 야구 해설가인 이응철과 호흡을 맞추게 됐는데 설명이 장황한 게 고교 야구와는 맞지 않는 것 같은 느낌이 들었다.

하지만 정작 이응철은 강시원의 시선 따위는 신경 쓰지 않았다. 그의 두 눈은 마운드 위에서 여유롭게 로진백을 주무르고 있는 박건호에게 꽂힌 지 오래였다.

그건 메이저 리그 스카우터들도 마찬가지였다.

"방금 구속 얼마 나왔어?"

"97.4mile/h(≒156.7km/h)."

"그럼 대충 1.5마일 정도 빨라진 건가?"

"정확하게는 1.3마일. 어쨌든 대단해. 저 상황에서 저런 대담한 공을 던지다니 말야."

강승현을 보러 온 스카우터들이 하나같이 혀를 내둘렀다. 무사 만루에서 4번 타자를 상대로 초구에 97마일짜리 포심 패스트볼을 몸 쪽으로 찔러 넣는 배짱 두둑한 투수는 메이저 리그에서도 쉽게 찾아보기 어려웠다.

"체격 조건도 좋으니까 좌완 불펜으론 딱이겠어."

"나도 같은 생각이야. 패스트볼도 저 정도면 나쁘지 않고."

"불펜? 저 정도 하드웨어면 선발도 가능하지 않겠어?"

"글쎄. 세컨드 피치하고 서드 피치가 그렇게 눈에 들어오진 않는데?"

"선발은 무리야. 커브가 영 별로라고."

"혹시 모르지. 마이너 리그에서 한 2, 3년 굴리다 보면 괜찮은 선수가 될지도."

강승현을 보기 위해 몰려든 메이저 리그 스카우터들은 박건호를 괜찮은 불펜감으로 점찍었다.

하지만 단 한 명, 다저스의 스카우터 그린은 생각이 달랐다.

'저 정도면…… 류현신의 대체 자원이 될지도 모르겠어.'

지난 2년간 28승을 거두며 메이저 리그 연착륙에 성공한 류현신은 올 시즌 어깨 부상으로 팀을 이탈한 상태였다.

아직 4년 계약이 남아 있고 수술이 성공적으로 마무리된 만큼 다시 예년의 모습을 되찾을 가능성이 높다지만 그린은 류현신의 수술 부위가 마음에 걸렸다.

투수의 생명이라 불리는 어깨. 그래서 류현신의 복귀나 부활에 오랜 시간이 걸릴지도 모른다는 불안감을 갖고 있었다.

그런데 바로 눈앞에 류현신보다 덩치 큰 좌완 파이어볼러가 나타났으니 구미가 당기는 것도 무리는 아니었다.

그린은 즉시 한국 담당 스카우터에게 메시지를 보냈다. 세명 고등학교 등번호 10번 투수에 대한 정보가 필요하다. 이 짧은 메시지를 보내는 동안 박건호의 2구가 안상원의 미트 속에 파묻혔다.

퍼엉!

묵직한 포구음에 놀라 고개를 들었을 때는 이미 모든 게 끝난 상황이었다.

"어떻게 된 거야?"

그린이 오른쪽에 앉아 있던 양키즈 스카우터 조이를 바라봤다. 그러나 조이의 시선은 그린을 지나 전광판으로 향해 있었다.

[156km/h]

전광판에 또다시 155km/h가 넘는 구속이 찍혔다.

"와우, 이렇게 되면 아까 그 공이 우연이 아닌 거지?"

"그러게. 저 자식, 장난 아니잖아?"

메이저 리그 스카우터들은 박건호의 구속에 호들갑을 떨었다. 그러나 레드삭스의 필립은 박건호의 커맨드에 감탄했다.

"초구와 똑같은 코스에 똑같은 공을 던졌어. 대단해, 저 녀석. 저건 물건이라고."

필립의 혼잣말을 엿들은 그린이 눈을 번뜩였다. 그 순간 한국의 담당자로부터 답장이 날아왔다.

-박건호 선수를 말하는 거죠? 별거 없습니다. 그린이 관심을 가질 만한 투수는 아니에요.

단순히 메시지뿐이었지만 그 안을 가득 채운 건 건방짐이었다. 한국의 스카우터 담당자는 자신이고 자신의 안목상 박건호는 다저스가 탐낼 재목이 아니라는 것이었다.

"이런 미친……."

입 밖으로 터져 나오는 욕지거리를 되삼키며 그린이 재차 손가락을 움직였다.

-지금 중계 방송은 보고 있습니까? 그 별거 아닌 투수가 157㎞/h를 던지고 있는데, 알고 있나요?

그린이 짜증과 분노를 꾹꾹 눌러 담아 메시지를 전송했다. 그리고 재빨리 고개를 든 그 순간.

후앗!

박건호의 손끝에서 새하얀 공이 튕겨져 나갔다.

그린은 눈을 부릅뜨고 공을 좇았다. 순식간에 10여 미터를 가로질러 홈 플레이트에 도착한 순간부터는 눈에 더욱 힘을 주었다.

놀랍게도 공은 또다시 송지상의 몸 쪽으로 날아갔다. 송지상도 이번에는 기필코 맞춰내겠다며 일찌감치 방망이를 휘돌리고 있었다.

'뭐지? 설마 3구 연속 포심 패스트볼?'

갑작스럽게 치민 불안함에 그린의 동공이 살짝 꿈틀거렸다. 분위기상 3구 연속, 같은 코스의 포심 패스트볼은 위험했다. 송지상이 메이저 리그 레벨의 타자는 아니지만 저런 뻔한 수에 당할 만큼 수준이 낮지도 않았다.

하지만 그 불안함이 경악으로 바뀌기까지는 그리 오래 걸리지 않았다.

홈 플레이트를 코앞에 두고 갑자기 뚝 하고 떨어져 버린 공.

그 공을 포착하지 못하고 헛돌기 시작한 방망이.

'체인지업!'

그린이 자리에서 벌떡 일어났다. 그와 동시에 안상원이 블

로킹을 하듯 체인지업을 받아냈다.

"스트라이크, 아웃!"

구심의 요란한 삼진 콜과 함께 송지상이 고개를 떨어뜨리며 타석에서 물러났다.

원 아웃.

"후우……."

처음으로 올라간 붉은색 아웃 카운트 램프를 확인한 박건호가 뜨거운 한숨을 내쉬었다.

무사 만루가 1사 만루로 바뀌면서 내야수들의 표정도 밝아졌다.

"좋아! 건호야, 그렇게만 해!"

"나이스 피칭! 잘하고 있어!"

안승혁과 고상민이 글러브를 두드리며 소리쳤다. 루상에 주자가 가득 들어찼을 때만 해도 눈앞이 깜깜했는데 눈 하나 까딱하지 않고 송지상을 잡아내는 박건호의 모습을 보니 다시금 마음이 든든해졌다.

박건호도 고개를 돌려 내야수들의 위치를 확인했다. 송지상 타석 때는 깊게 수비를 하던 내야수들이 더블플레이를 대비하듯 자리를 잡고 있었다.

벤치에서 사인이 나온 것이겠지만 그 자체만으로도 박건호는 괜히 기분이 좋아졌다.

'날 믿는다 이거지?'

박건호가 뜨거워진 눈으로 안상원을 바라봤다. 그러자 안상원도 기다렸다는 듯이 손가락을 움직였다.

구종은 포심 패스트볼.

코스는 몸 쪽.

전형적으로 잡아당기는 스타일의 5번 타자 김주엽을 땅볼로 유도하자는 이야기였다.

'좋아.'

박건호도 단단히 고개를 끄덕였다. 송지상을 삼진으로 잡아낸 덕분일까. 자칭 타칭 타점 머신이라 불리는 김주엽이 조금도 두렵지 않았다.

박건호가 투수판을 밟자 김주엽이 곰 같은 몸을 잔뜩 웅크렸다. 자연스럽게 몸 쪽 코스가 반으로 줄어들어 보였다.

'저 덩치에 속지 말자.'

박건호는 마음을 단단히 먹었다. 스티브 코치는 김주엽을 맞힐지도 모른다는 두려움에 어설프게 몸 쪽 공을 던졌다간 장타를 얻어맞을 거라고 말했다.

김주엽을 맞혀도 상관없다는 각오로 던지지 못할 거라면 차라리 몸 쪽을 포기하고 바깥쪽 승부에 집중하는 게 낫다고 덧붙였다.

첫 대결에서 박건호는 바깥쪽 공만으로 김주엽을 잡아냈

다. 그래서인지 김주엽은 이번에도 바깥쪽 코스를 정조준하고 있었다.

"후우……."

길게 숨을 고른 뒤 박건호가 안상원의 미트를 향해 힘껏 공을 내던졌다. 제구가 조금이라도 흔들린다면 공이 몰리거나 김주엽을 맞히게 될지 몰랐지만 지금은 다른 걸 생각할 여유가 없었다.

후앗!

박건호의 손가락을 빠져나간 새하얀 공이 눈에 들어오자 김주엽이 눈을 번뜩였다.

'걸렸다!'

박건호가 던진 공이 한가운데로 몰렸다고 판단한 것이다.

김주엽은 그 자리에서 힘껏 방망이를 휘돌렸다.

훙!

테이크백 이후 크게 돌아 나온 방망이 소리가 안상원을 움찔 놀라게 만들었다.

하지만 정작 공은 김주엽의 방망이 안쪽에 걸렸다.

따악!

둔탁한 소리와 함께 타구가 3루수 쪽으로 굴렀다.

"젠자아앙!"

김주엽이 이를 악물며 1루로 내달렸다.

"2루!"

안상원이 냉큼 자리에서 일어나 소리쳤다. 타구의 속도와 방향, 주자들의 움직임을 감안했을 때 한승렬이 침착하게만 대처한다면 더블플레이로 이번 이닝을 끝마칠 수 있을 것 같았다.

"내가 잡아!"

한승렬도 자세를 낮춘 채 타구를 기다렸다. 한발 앞서가서 잡을까도 생각했지만 타구가 느리지 않은 만큼 상관없을 거라 여겼다.

그런데.

탓!

마지막 순간에 뭔가에 걸린 타구가 한승렬의 글러브 위쪽으로 튕겨 올랐다.

"윽!"

한승렬이 불규칙 타구에 대응하지 못하고 공을 떨어뜨렸다. 다행히 공이 발치 앞에 떨어져 곧장 주워 들긴 했지만 그 잠깐의 시간 동안 많은 게 달라져 있었다.

"2루 버려! 1루로! 1루!"

안상원이 다급히 소리쳤다. 이미 더블플레이를 하기에는 늦었다.

1루 주자 조승훈이 2루를 향해 헤드 퍼스트 슬라이딩을 감행하고 있었다. 괜히 욕심내서 2루를 노렸다가 송구가 조금이라도 어긋나면 주자를 모두 살려두게 될 수 있었다.

"크윽!"

한승렬이 이를 악물며 1루로 공을 내던졌다.

퍼엉!

송구는 정확했지만 1루심은 김주엽의 발이 공보다 앞서 1루 베이스에 도착했다고 판단했다.

"세이프!"

1루심이 요란스럽게 양팔을 펼쳤다. 안승혁이 공이 더 빨랐다고 하소연해 봤지만 소용없었다.

자연스럽게 세명 고등학교 선수들의 표정이 굳어졌다. 더블플레이만 이루어졌더라도 무실점으로 이닝을 마칠 수 있었는데 예기치 못한 수비 실수가 나오면서 한 점을 헌납하고 말았다. 그것도 우승 후보인 신인 고등학교를 상대로 말이다.

"내 잘못 아냐. 불규칙 바운드였다고!"

한승렬이 선수들을 바라보며 억울해했다. 집중해서 수비하지 못한 건 분명한 잘못이지만 타구가 제대로만 굴러왔어도 이런 결과는 일어나지 않았을 터였다.

그러나 기록 위원의 생각은 달랐다.

에러.

"이게 왜 에러야!"

한승렬이 악을 써봤지만 전광판 에러란의 숫자 1은 사라지지 않았다.

그때였다.

"한승렬! 정신 안 차릴래?"

보다 못한 박건호가 마운드에서 내려와 한승렬을 향해 한마디 내뱉었다.

"뭐 인마?"

한승렬이 반사적으로 박건호를 노려봤다. 가뜩이나 실책을 잡힌 것도 억울해 죽겠는데 박건호가 대놓고 질책하니 울컥하고 감정이 치솟았다.

하지만 박건호도 물러서지 않았다. 평소였다면 그러려니 하고 넘어갔겠지만 이번만큼은 달랐다.

3루는 핫코너라 불릴 만큼 타구가 강하게 날아드는 곳이다. 그곳을 책임진 수비수가 실책에 발목 잡혀 허우적댄다면 박건호도 마음 놓고 공을 던지기 어려웠다.

"실책 잊어버리고 경기에 집중해."

"젠장! 실책 아니라고!"

"그런 건 나중에 따져! 그리고 네 실수는 실력으로 만회하라고!"

"크윽……!"

박건호의 날 선 질책에 한승렬이 입술을 질근 깨물었다. 그런데 생각만큼 화가 나진 않았다. 오히려 제일 미안했던 박건호가 한바탕 퍼부어주니 마음 한구석이 편해지는 기분도 들었다.

'그래, 잊어버리자. 지금은 수비에 집중해야 해.'

한승렬이 3루 라인 쪽으로 다가가 몸을 낮췄다. 그 모습을 지켜보던 박건호도 마운드로 돌아가 호흡을 골랐다.

"저 녀석들 뭐야? 미쳤나?"

"경기 중에 싸우다니. 제정신들이 아니라니까?"

신인 고등학교 선수들이 킥킥 웃어댔다. 수비 실책으로 인한 실점에 이어 선수들 간의 다툼까지. 자멸하는 팀의 전형적인 코스를 밟아가고 있다고 여겼다.

타석에 들어선 6번 타자 문정렬도 입가를 비틀어 올렸다. 이 어수선해진 분위기를 노린다면 3루 주자 신기준까지 홈으로 불러들일 수 있을 것 같았다.

'이 녀석도 잡아당기는 스타일이니까…….'

잠시 고심하던 안상원이 바깥쪽 슬라이더를 요구했다. 오른손 타자에게는 백도어성으로 보이는 슬라이더를 통해 스트라이크를 잡고 가자는 계산이었다.

하지만 박건호는 고개를 저었다. 다음 사인도, 그다음 사인도 고개를 흔들었다. 그러다 안상원이 몸 쪽 포심 패스트볼 사인을 내자 그제야 고개를 끄덕거렸다.

'무슨 생각인 거냐, 너······.'

안상원은 박건호를 말리고 싶었다. 남은 아웃 카운트는 고작 하나뿐이었다. 삼진이든 플라이든 어떻게든 타자를 잡아내기만 하면 끝이다. 굳이 몸 쪽 공을 던져 땅볼을 유도할 필요가 없다.

그러나 박건호는 요지부동이었다. 마치 그 공이 아니면 안 되는 것처럼 고집을 피웠다.

'승렬이 버릇 고쳐 주려는 건 알겠는데 1사 2, 3루다. 안타라도 나오면 곧바로 두 점이라고.'

안상원이 답답한 듯 마스크를 고쳐 썼다. 그러자 문정렬도 타석에서 한 발 물러나 시원하게 방망이를 휘돌렸다.

후웅!

박건호와 한승렬의 다툼을 본 탓인지 문정렬의 스윙은 자신만만했다. 마치 이대로 타석에 들어서면 박건호가 제 분에 못 이겨 한복판으로 들어오는 밋밋한 체인지업이라도 던져 주리라 확신이라도 하는 것 같았다.

만약 타석에 선 게 문정렬이 아니라 클린업트리오 중 한 명이었다면 안상원은 마운드에 올라가서 박건호의 고집을 꺾었을 것이다.

하지만 다행히도 6번 타자 문정렬은 조승훈이나 송지상, 김주엽 수쥬의 타자는 아니었다.

장타력을 갖추고 있는 중심 타자들 덕분에 기회가 자주 찾아오고, 그 기회를 적잖게 살려내면서 5번 같은 6번이란 소리까지 듣고 있지만 스티브 코치의 데이터에 따르면 김주엽과 문정렬은 엄연히 레벨이 달랐다.

전체적인 타격 능력은 물론이고 상황 대처 능력과 클러치 능력까지 동일하게 놓고 비교하기 미안할 정도였다.

'후우……. 나도 모르겠다. 대신 던질 거면 제대로 던져, 박건호.'

길게 숨을 고르던 안상원이 문정렬의 몸 쪽으로 미트를 들어 올렸다. 그 순간, 박건호가 이를 악물고 공을 내던졌다.

후앗!

바깥쪽에서 출발한 공이 한복판을 지나 몸 쪽으로 파고들었다. 그러나 문정렬의 눈에는 한가운데 실투로 느껴졌다.

'그렇지!'

문정렬이 기다렸다는 듯이 방망이를 휘돌렸다. 하지만 공은 이번에도 방망이 안쪽에 걸리고 말았다.

따각!

또다시 둔탁한 타격음이 울렸다. 뒤이어 먹힌 타구가 3루수 한승렬의 정면으로 날아들었다.

"젠장할!"

화들짝 놀란 한승렬이 타구를 향해 달려들었다. 본래 쓸데없이 움직이는 걸 질색하는 성격이지만 조금 전처럼 태평하게 기다렸다가 불규칙 바운드가 나올까 봐 겁이 났다.

"탁!"

이번에도 돌부리에 걸린 공이 한승렬의 예상보다 높게 튀어 올랐다. 하지만 이번에는 제대로 집중해서인지 어렵지 않게 글러브 속에 공을 욱여넣었다.

"2루!"

"2루로 던져!"

포구가 끝나기도 전에 사방에서 목소리가 들려왔다.

'나도 알아, 이 새끼들아!'

한승렬이 이를 악물고 2루를 향해 공을 던졌다.

"펑!"

한승렬의 송구가 정확하게 2루수 김일섭의 글러브 속에 빨려들어 갔다. 2루심의 아웃 사인을 확인한 김일섭은 곧장 공을 빼내어 1루수 안승혁에게 던졌다.

"퍼엉!"

묵직한 포구 소리와 함께 1루심이 세 번째 아웃 카운트를 선언했다.

"크아아아!"

1루심의 사인을 확인한 한승렬이 대단한 호수비라도 한 것처럼 악을 내질렀다. 바로 전 타구를 제대로 처리하지 못해 마음에 걸렸는데 제 손으로 더블플레이를 만들어냈으니 막혔던 속이 뻥 하고 뚫린 기분이었다.

그런 한승렬을 향해 박건호가 천천히 다가갔다. 그러고는 웃는 얼굴로 오른손에 끼고 있던 글러브를 가볍게 내밀었다.

툭!

한승렬도 히죽 웃으며 글러브에 주먹을 가져다 댔다. 그러자 다른 선수들이 우르르 달려와 박건호와 한승렬을 에워쌌다.

―박건호 선수, 한승렬 선수와 화해하는 모습 보기 좋습니다. 저게 바로 고교 야구가 지향해야 할 점이 아닐까요?

―사실 저건 싸웠다고 보기는 어렵죠. 선수도 사람인 이상 동료가 실수하면 화가 나는 게 당연하니까요.

―그래도 그런 걸 감싸주는 게 진정한 동료 아닐까요?

―글쎄요. 예전엔 어땠을지 모르겠지만 요즘 선수들에게 무작정 감정을 억누르라는 지도법이 통용될지는 잘 모르겠습니다. 게다가 박건호 선수가 심각하게 한승렬 선수를 질책한 것처럼 보이지도 않고요.

―그, 그런가요?

―더그아웃으로 들어가는 박건호 선수와 한승렬 선수를 보세요. 언제 다퉜냐는 듯 서로 웃고 있네요. 보기 좋지 않

습니까?

이응철 해설 위원의 말이 떨어지기가 무섭게 중계 카메라가 세명 고등학교 더그아웃을 비췄다. 우승 후보 신인 고등학교를 상대로 1점을 내준 상황인데도 더그아웃의 분위기는 충분히 밝아 보였다.

"세명 고등학교라. 형편없는 팀인 줄 알았는데 제법 재미있는 팀이네."

"그러게 말이야. 확실히 야구를 즐길 줄 아는 거 같아."

메이저 리그 스카우터들도 긍정적인 눈으로 세명 고등학교를 바라봤다. 아울러 그 변화를 투수인 박건호가 이끌어 냈다는 점에 주목했다.

"그런데 그 10번, 아까 보니까 한 성깔 하던데?"

"뭐 어때? 투수라면 그 정도 성깔은 있어야지."

"하긴. 나도 홈런 얻어맞고 고개 푹 숙이는 투수들 보면 별로 정이 안 가더라고."

"안하무인만 아니라면 개성 넘치는 선수가 좋지."

"실제로 메이저 리그 선수도 다들 개성이 넘치니까."

한편에서 그 이야기를 듣고 있던 다저스 스카우터 그린도 동의하듯 고개를 주억거렸다.

메이저 리그에서는 오로지 성실함 하나로 승부하는 고분고

분한 선수보다는 제 주장도 펼칠 줄 아는 선수가 대성할 가능성이 더 높았다.

그런 점에서 그린은 박건호가 더욱 마음에 들었다.

'저런 녀석을 그냥 놓치고 있었다니! 다저스 스카우터라고 거드름 피울 생각 말고 일을 해! 일을!'

그린이 터져 나오려는 분통을 애써 되삼켰다. 그사이 공수가 바뀌었다. 그리고 강승현이 마운드에 올랐다.

툭. 툭.

가볍게 로진백을 두드리던 강승현의 시선이 잠시 전광판으로 향했다.

1 대 0.

무사 만루의 기회가 중심 타선에 걸렸는데 뽑아낸 점수라고는 고작 한 점이 전부였다.

'내가 저런 병신들을 믿고……'

강승현이 무겁게 한숨을 내쉬었다. 세명 고등학교 같은 3류 팀을 상대로 이런 답답한 경기를 펼쳐야 한다는 사실이 그저 짜증이 났다.

그래서일까.

퍽!

초구에 던진 바깥쪽 슬라이더가 포수 박명구의 요구보다 더 바깥쪽으로 빠져 버렸다.

"볼!"

구심도 단호하게 볼을 선언했다. 강승현이 이를 악물고 재차 바깥쪽 코스를 노렸지만 2구째 던진 체인지업 역시 스트라이크존을 살짝 벗어나 버렸다.

"볼!"

박명구가 포구와 동시에 미트를 안쪽으로 밀어 넣어봤지만 구심은 속지 않았다. 오히려 경고하듯 박명구의 어깨를 꽉 움켜쥐었다.

"후우……."

아슬아슬한 공을 연거푸 골라낸 1번 타자 박인찬이 천천히 방망이를 들어 올렸다.

노 스트라이크 투 볼.

투수에게 절대적으로 불리한 볼카운트였다.

여기서 강승현이 또다시 유인구를 던질 가능성은 낮았다. 확실한 스트라이크가 필요한 상황이었다. 그렇다면 포심 패스트볼을 던질 가능성이 높았다.

'몸 쪽? 아니야. 바깥쪽, 바깥쪽일 거야.'

스티브 코치는 강승현이 얻어맞는 걸 질색하는 스타일이라고 말했다. 그러니 중요한 순간이 오면 몸 쪽보다는 바깥쪽을 노려보라고 조언했다.

박인찬은 스티브 코치의 말대로 바깥쪽 포심 패스트볼이

들어오길 기다렸다. 그리고 잠시 후.

후앗!

강승현의 손가락을 빠져나간 공이 정말로 바깥쪽으로 날아왔다.

'왔다!'

박인찬은 망설이지 않고 방망이를 휘둘렀다. 있는 힘껏 때려내기 보다는 방망이 중심에 공을 얹는다는 기분으로 가볍게 밀어냈다.

따악!

둔탁한 소리와 함께 타구가 3루 라인을 타고 흘렀다. 3루수 조승훈이 뒤늦게 타구를 향해 몸을 날려봤지만 소용없었다. 타구는 그대로 3루 베이스 위를 지나 외야 쪽으로 데굴데굴 굴러갔다.

"인찬아! 뛰어! 뛰어!"

"박인찬! 빠졌어! 2루까지 달려!"

세명 고등학교 선수들이 더그아웃에서 벌떡 일어나 크게 소리쳤다. 박건호도 난간 바로 앞까지 달려 나와 누구보다 큰 목소리로 악을 내질렀다.

박인찬도 머뭇거리지 않고 1루를 지나 2루로 내달렸다. 덕분에 2루에서 간발의 차이로 살 수 있었다.

"젠장할!"

순식간에 무사 2루의 위기에 몰린 강승현이 질근 입술을 깨물었다. 그러고는 매서운 눈으로 3루수 조승훈을 노려봤다.

대놓고 말을 하진 않았지만 강승현은 조승훈이 충분히 잡아낼 수 있는 타구를 놓쳤다고 생각했다.

하지만 조승훈도 할 말은 있었다. 수비 위치상 제때 몸을 날렸어도 막아내기 어려운 타구였다.

게다가 2루 쪽으로 수비 라인을 옮겨 잡은 것도 벤치의 지시에 따른 것뿐이었다. 그게 불만이라면 이닝을 끝내고 코치에게 따져 물으면 될 일이었다.

'그렇게 노려보면 어쩌자는 건데?'

질근 입술을 깨물던 조승훈이 이내 고개를 돌려 버렸다. 괜히 강승현과 맞서봐야 팀 분위기만 나빠질 것 같았다.

"다들 집중해!"

포수 박명구가 홈 플레이트 앞으로 나와 어색해진 분위기를 다잡았다. 그러면서 만에 하나 있을 번트에 대비하라고 주문했다.

무사에 동점 주자가 2루까지 나가 있었다. 강승현을 상대로 세명 고등학교가 대량 득점을 꿈꾸지는 못할 터. 그렇다면 희생 번트로 2루 주자를 3루까지 보낸 뒤 3, 4번 중심 타순에서 동점을 노릴 게 뻔했다.

"명구가 침착하게 잘하고 있네요."

"명구를 선발로 내보내는 게 승현이 때문만은 아니니까."

신인 고등학교 코치들도 고개를 주억거렸다. 박명구가 저렇게 나선 이상 세명 고등학교도 번트 작전을 쉽게 걸지 못할 것이라고 여겼다.

하지만 애당초 조기하 감독은 번트를 지시할 생각이 없었다.

"작전을 거는 게 어떨까요?"

"아니, 밀어붙여."

"그러다 아웃 카운트만 늘어나면요?"

"상민이도 진루타 정도는 때려줄 센스가 있어. 이제 4회니까 이번 한 번은 선수들에게 맡겨보자고."

조기하 감독의 마음껏 치라는 사인을 확인한 고상민이 진지한 얼굴로 고개를 끄덕거렸다. 그러고는 번트를 댈 것처럼 방망이를 짧게 옮겨쥐었다.

'역시. 그럴 줄 알았어.'

박명구는 강승현에게 바깥쪽으로 도망치는 슬라이더를 주문했다. 아울러 1루수와 3루수에게 번트에 대비하라는 수신호를 보냈다.

고상민이 번트를 대려고 덤벼들다가 그대로 스윙을 해버려도 좋고 파울이 나와도 좋았다. 내야수들의 압박에 놀라 파울 타구가 잡기 좋게 떠버린다면 더는 바랄 게 없었다.

"후우……."

길게 숨을 고르던 강승현이 박명구의 미트를 향해 힘껏 공을 내던졌다.

후앗!

바람 소리와 함께 새하얀 공이 바깥쪽 코스를 파고들었다.

최고 구속 143㎞/h에 달하는 강승현의 고속 슬라이더는 종으로도, 횡으로도 변할 수 있었다.

이번에 박명구가 요구한 공은 횡으로 도망치는 공.

고상민이 정말로 번트를 댄다면 좋은 타구를 기대하기 어려워 보였다.

하지만 정작 고상민은 번트 자세에서 벗어나 곧바로 강공으로 전환했다. 번트를 댈 것처럼 군 건 1루수를 끌어들이기 위한 잔꾀에 불과했다.

고상민이 진짜 노린 건 1, 2루 간 땅볼. 직선타로 잡히지만 않으면 발 빠른 2루 주자 박인찬을 3루까지 보낼 수 있는 타구였다.

따악!

방망이 끝에 걸린 타구가 1루수 송지상의 옆쪽으로 날아갔다. 그러자 깜짝 놀란 송지상이 반사적으로 팔을 뻗어 공을 막았다.

팍!

글러브 끝에 걸린 타구가 힘을 잃고 마운드 쪽으로 굴절됐다. 그사이 2루 주자 박인찬은 여유롭게 3루로 진루했다. 고상민도 이를 악물고 1루로 내달렸다.

그러나 애석하게도 강승현의 송구가 더 빨랐다.

펑!

굴절된 공을 손에 쥐기가 무섭게 강승현은 전력으로 1루를 향해 내던졌다. 그리고 공을 2루수 김주엽이 팔을 쭉 뻗어서 받아냈다.

고상민도 최선을 다했지만 간발의 차이로 아웃되고 말았다.

"젠장할!"

고상민이 입술을 깨물며 더그아웃으로 몸을 돌렸다. 발목이 완벽하게 나았다면 1루에서 충분히 살 수 있었을 텐데. 조기하 감독과 동료들의 기대에 부응하지 못한 것 같아 차마 고개를 들 수가 없었다.

하지만 조기하 감독은 만족스러운 얼굴로 고상민에게 박수를 보냈다. 별도의 지시가 없었음에도 페이크 번트 앤드 슬러시로 신인 고등학교의 간담을 서늘하게 만든 건 아무나 할 수 있는 플레이가 아니었다.

"이제 승렬이가 하나 해주면 좋을 텐데……."

조기하 감독의 시선이 타석에 들어선 한승렬에게 향했다.

한승렬이 팀의 3번 타자로서 앞선 수비 때 실수를 잊고 적시타를 때려준다면 이보다 더 기분 좋은 일은 없을 것 같았다.

"승렬아! 한 방 날려!"

박건호도 한승렬을 향해 크게 소리쳤다. 딱히 부담을 주고 싶진 않았지만 여기서 한승렬이 3루 주자 박인찬을 불러들이지 못한다면 동점을 만들기 쉽지 않아 보였다.

'칠 수 있어! 아니, 무조건 때려내야 해!'

타석에 들어선 한승렬도 마음을 단단히 먹었다. 박건호와 웃으며 풀었다고 해서 앞선 수비 때의 아쉬움이 사라지는 건 아니었다.

잠시 전광판에 머물렀던 한승렬의 시선이 이내 강승현에게 향했다. 첫 타석 때 허무하게 삼진을 당해서일까. 왠지 강승현이 자신을 만만하게 여길지도 모른다는 생각이 들었다.

'어디 뭐든 던져 봐!'

한승렬이 방망이를 단단히 움켜쥐었다. 그 순간.

후앗!

강승현이 기다렸다는 듯이 공을 내던졌다.

퍼엉!

초구 포심 패스트볼은 순식간에 홈 플레이트 위를 스쳐 지났다.

"스트라이크 "

구심은 망설이지 않고 오른팔을 들었다. 이번 이닝에서 처음으로 제대로 던진 포심 패스트볼이었다. 한승렬에게는 미안한 이야기지만 이런 공은 스트라이크를 잡아주지 않을 수 없었다.

"크으, 이걸 어떻게 치라는 거야."

한승렬이 불만스럽게 투덜댔다. 아무리 이를 악물었다 해도 바깥쪽으로 날아오다가 마지막 순간에 시야 밖으로 도망치듯 사라져 버린 153㎞/h짜리 포심 패스트볼을 때려내기란 결코 쉬운 일이 아니었다.

기선을 제압한 강승현은 여유를 주지 않고 곧장 2구를 내던졌다.

퍼엉!

142㎞/h짜리 슬라이더가 바깥쪽 스트라이크존을 걸쳐 들어왔다. 그리고 그 공마저 구심의 스트라이크 콜을 받았다.

"빌어먹을!"

한승렬의 입에서 절로 욕지거리가 튀어나왔다.

투 스트라이크 노 볼.

주자를 3루에 두고 또다시 삼진당할지도 모른다는 불안감이 스멀스멀 기어오르기 시작했다.

'안 돼! 이번에는 죽을 수 없어!;

한승렬이 빠득 이를 깨물었다. 팀의 3번 타자로서 공 한 번 때려보지 못하고 더그아웃으로 되돌아가고 싶진 않았다.

'하나 더 빼도 되겠는데?'

볼카운트가 여유롭자 박명구가 다시 바깥쪽 사인을 냈다.

구종은 또다시 슬라이더.

대신 이번에는 휘어져 나가는 공이 아니라 아래로 떨어지는 공을 요구했다. 2구째 슬라이더에 한승렬이 헛스윙을 했으니 이번에도 속아 넘어가 줄 것 같았다.

하지만 강승현은 대번에 고개를 저었다. 또다시 슬라이더를 던졌다가 한승렬의 방망이에 걸릴지도 모른다는 불안감 때문이었다.

짧은 안타로 2루까지 내달렸던 박인찬은 생각 이상으로 빨랐다. 여기서 느린 땅볼이라도 나왔다간 동점이 될 가능성이 높았다.

'그렇다면 이건 어때?'

잠시 고심하던 박명구가 몸 쪽 포심 패스트볼로 사인을 바꿨다.

강승현도 이내 고개를 끄덕였다. 그리고는 망설이지 않고 박명구의 미트를 향해 힘껏 공을 내던졌다.

후앗!

쏜살같이 날아든 공이 거의 일직선으로 한승렬의 몸 쪽을 피고들었다. 그러자 한승렬도 이를 악물고 방망이를 휘돌렸다.

따앙!

손잡이 부근에 스치듯 걸린 공이 백네트 쪽으로 빠져나갔다. 박명구가 곧장 잡아 보겠다고 미트를 움직였지만 그보다 타구가 더 빨랐다.

"젠장할."

내심 헛스윙을 기대했던 강승현이 짜증 난다는 표정을 지었다. 하지만 정작 한승렬은 강승현보다 더 짜증이 나 있었다.

"저 개새끼, 이게 어떤 방망이인데……."

손잡이 쪽에 금이 가 버린 방망이를 바라보며 한승렬이 죽일 듯 강승현을 노려봤다.

조태식 이사장이 본선 진출 기념이라며 선수들에게 한 자루씩 나눠 준 기념 방망이었다. 그런데 홈런도 아니고 고작 파울에 금이 가버렸으니 분을 주체하기가 어려웠다.

그때였다.

"자."

일그러진 한승렬의 시야 속으로 어디서 많이 보던 방망이가 쓱 나타났다. 자신이 방금 전 깨먹은, 조태식 이사장이 선물한 기념 방망이가 틀림없었다.

"뭐, 뭐야?"

방망이를 받아 든 한승렬이 고개를 들었다. 그러자 박건호가 피식 웃으며 말했다.

"너하고 승혁이 둘 중에 누가 더 먼저 깨먹나 했더니 너냐?"

"내가 깨먹고 싶어서 깨먹었냐."

"됐고 이거 써."

"이거 네 거잖아."

"됐으니까 너 써. 깨먹어도 좋으니까 맘껏 휘두르고. 알았냐?"

박건호는 한승렬의 부러진 방망이를 들고 더그아웃으로 들어갔다. 그 모습을 멀뚱히 바라보던 한승렬의 입가로 히죽 웃음이 번졌다.

"이렇게 된 거 방망이 값은 해야지?"

간단히 손질을 마친 뒤 한승렬이 타석으로 돌아왔다. 그러자 박명구가 기다렸다는 듯이 바깥쪽 슬라이더 사인을 냈다.

강승현도 마지못해 고개를 끄덕였다. 몸 쪽 포심 패스트볼이 커트를 당한 상황에서 또다시 몸 쪽에 붙이는 건 부담스러웠다.

대신 구종을 슬라이더 2에서 슬라이더 1로 바꾸었다. 종으로 떨어지는 슬라이더 2는 최악의 경우 패스드볼이 나올 가능성도 있었다.

'좋아, 좋아!'

박명구가 미트를 팡팡 두드렸다. 그리고 잠시 후.

후앗!

강승현이 힘껏 공을 던졌다.

'바깥쪽!'

코스를 확인한 한승렬이 눈을 번뜩였다. 3구째 몸 쪽이 들어왔으니 이번에는 바깥쪽일 거라고 예상한 게 맞아떨어졌다.

포심 패스트볼보다는 슬라이더일 거라는 생각도 틀리지 않았다. 문제는 이 공을 어떻게 받아치느냐는 것이었다. 홈 플레이트 코앞에서 급격히 요동치는 강승현의 슬라이더는 노린다고 해서 쉽게 때려낼 수 있는 공이 아니었다.

그런데…….

따악!

"……?"

힘껏 휘두른 한승렬의 방망이 끝자락에 도망치던 공이 걸려들었다. 2구째 시원하게 헛스윙을 했던 그 슬라이더에 아슬아슬하게 타이밍이 맞아떨어진 것이다.

쭉 뻗어 나간 타구는 가볍게 내야를 벗어나 좌익수 앞에서 뚝 떨어졌다.

좌익수 문정렬이 이를 악물고 앞으로 달려왔지만 차마 몸을 날리지는 못했다.

그사이 3루 주자 박인찬이 여유롭게 홈을 밟으며 세명 고등학교의 첫 득점이 이루어졌다.

스코어 1 대 1.

신인 고등학교의 리드가 순식간에 끝나 버렸다.

"한승렬! 한승렬!"

잠잠하던 세명 고등학교 응원석에서 한승렬의 이름이 터져 나왔다. 그러자 한승렬이 응원단을 향해 당당히 두 팔을 들어 올렸다.

"미안해. 저게 걸릴 줄 몰랐어."

한편 마운드로 올라온 박명구는 고개를 들지 못했다. 설마 하니 완벽하게 제구된 슬라이더를 한승렬 따위가 걷어낼 줄은 예상하지 못했다.

"후우……. 알았으니까 이번엔 제대로 리드해."

강승현이 애써 분을 삼켰다. 지금은 박명구에게 짜증을 낼 상황이 아니었다. 1사 1루에서 4번 타자 안승혁이 타석에 들어오고 있었다.

세명 고등학교 타자 중 강승현의 공을 제대로 받아친 건 안승혁밖에 없었다. 박인찬의 안타도 한승렬의 안타도 정타는 아니었다. 그러나 안승혁은 지난 타석에서 팬스 근처까지 날아간 큼지막한 중견수 플라이를 때려냈다.

"어떻게 할까? 그래도 4번 타자인데…… 어렵게 승부할까?"

"누굴? 저딴 녀석을? 지금 나랑 장난해?"

"아, 아니. 그냥 해본 말이야. 그럼 땅볼로 유도해?"

"후우……."

대답 대신 강승현이 길게 한숨을 내쉬었다. 마음 같아선 안승혁을 깔끔하게 삼진으로 돌려세워 자존심을 회복하고 싶었다. 하지만 앞선 타석 때 얻어맞았던 게 자꾸 신경 쓰였다.

"더블플레이로 깔끔하게 끝내자."

"좋아, 알았어."

박명구가 고개를 끄덕이고는 서둘러 포수석으로 돌아갔다. 그사이 강승현의 시선이 잠시 메이저 리그 스카우터들 쪽으로 향했다.

멀어서 잘 보이지는 않았지만 메이저 리그 스카우터들의 표정은 별로 좋아 보이지 않았다. 현 고교 최고의 투수를 보기 위해 바다를 건너 여기까지 왔는데 세명 고등학교 따위에게 실점해 버렸으니 실망하는 것도 무리는 아닐 것 같았다.

'고작 한 점뿐이야. 나 강승현이라고.'

강승현이 힘껏 투수판을 밟았다. 그러자 박명구가 냉큼 손가락을 움직였다.

구종은 포심 패스트볼.

코스는 몸 쪽.

슬라이더를 결정구로 사용하기 전에 먼저 포심 패스트볼을 보여주자는 이야기였다.

강승현은 가볍게 고개를 끄덕였다. 앞선 타석에서 얻어맞은 공은 바깥쪽 포심 패스트볼이었다. 초구로 몸 쪽 포심 패스트볼을 던지면 분명 대응이 늦을 것이다.

'어디 칠 수 있으면 쳐 봐라!'

강승현이 이를 악물고 공을 내던졌다.

후앗!

강승현의 손끝을 빠져나온 새하얀 공이 단숨에 안승혁의 몸 쪽을 파고들었다.

퍼엉!

묵직한 포구 소리와 함께 박명구의 미트가 꿈틀거렸다.

"볼!"

구심이 짧게 외쳤다. 강승현이 말도 안 된다는 표정을 지었지만 구심의 판정은 번복되지 않았다.

"후우……."

안승혁의 입에서 안도의 한숨이 흘러나왔다. 만약 초구가 스트라이크 판정을 받았다면 첫 타석 때처럼 배팅 타이밍을 잡기 어려웠을 것이다.

하지만 초구가 볼 판정을 받으면서 안승혁에게 유리한 상황이 만들어졌다.

'메이저 리그 스카우터들이 보고 있다는데 날 사사구로 거를 리는 없겠지.'

안승혁이 방망이를 단단히 움켜쥐었다. 그 순간.

후앗!

강승현이 내던진 공이 또다시 몸 쪽을 파고들었다.

'슬라이더!'

안승혁은 자신도 모르게 반응했던 방망이를 단단히 붙들었다. 강승현 정도 되는 투수가 이 상황에서 슬라이더를 스트라이크로 집어넣지는 않을 것 같았다.

아니나 다를까.

퍽!

홈 플레이트를 살짝 빗겨간 공이 스트라이크존 바깥쪽에서 잡혔다. 박명구가 미트를 안쪽으로 밀어 넣어봤지만 구심을 속이기에는 역부족이었다.

'좋았어.'

안승혁이 속으로 웃었다. 노 스트라이크 투 볼이다. 제아무리 강승현이라 해도 제구가 조금씩 빗나가고 있는 상황에서 또다시 유인구를 던질 가능성은 낮았다.

스트라이크가 들어온다.

그것도 가장 자신 있는 공으로.

'포심 패스트볼!'

안승혁이 초구에 때려냈던 바깥쪽 꽉 찬 포심 패스트볼을 떠올렸다. 그리고.

후아앗!

정말로 초구와 똑같은 코스의 포심 패스트볼이 날아들었다.

'걸렸다!'

안승혁은 기다렸다는 듯이 방망이를 휘둘렀다. 마치 받쳐 놓고 때리듯 포심 패스트볼이 홈 플레이트에 도달한 그 순간 방망이 중심에 정확하게 공을 얹었다.

따아악!

경쾌한 타격음이 경기장에 울려 퍼졌다. 순간 중계석이 떠들썩하게 변했다.

–큽니다! 쭉쭉 뻗어 나갑니다! 좌측 담장! 좌측 담장! 좌측 담장~ 밖으로! 넘어갔습니다! 안승혁! 이번 대회 자신의 두 번째 홈런포를 쏘아 올립니다!

프로 야구 중계를 모방하듯 강시원 캐스터가 호들갑스럽게 소리쳤다. 그사이 안승혁은 천천히 그라운드를 돌아 홈 플레이트를 밟았다. 그리고 잠시 후, 전광판의 점수가 3 대 1로 변했다.

–정말 내린하네요. 강승현 선수의 154㎞/h짜리 꽉 찬 포심

패스트볼을 밀어서 넘겨 버렸어요!

　–강승현 선수의 실투를 받아친 것 같은데요.

　–실투는 아니었습니다. 리플레이 화면이 나오겠지만 강승현 선수도 좋은 공을 던졌습니다. 다만 그 공을 안승혁 선수가 기다리고 있었을 뿐이죠.

　–그럼 사인이 읽혔다는 말씀이신가요?

　–하하. 사인이 노출됐다기보다는 볼카운트 싸움을 유리하게 끌고 간 안승혁 선수가 강승현 선수로 하여금 바깥쪽 포심 패스트볼을 던지게 만들었다, 라고 말씀드릴 수 있겠습니다.

　이응철 해설위원은 감탄을 금치 못했다. 국내 고등학교 투수들 중 최고라 불리는 강승현의 포심 패스트볼이다. 그걸 밀어쳐서 담장을 넘겼다는 건 힘과 기술 모두를 갖췄다는 소리나 다름없었다.

　한편으로는 조기하 감독이 대단하다는 생각이 들었다. 낯설기만 한 세명 고등학교 야구부에 부임한 지 채 1년도 되지 않아 박건호와 안승혁을 키워냈으니 과연 아마 야구 최고의 선수 육성 전문가다웠다.

　–강승현 선수, 괜찮습니다. 안승혁 선수에게 홈런을 허용하긴 했지만 이제 4회입니다. 신인 고등학교가 경기를 뒤집을

수 있는 기회는 얼마든지 있습니다.

이응철 해설위원이 지나치게 안승혁을 칭찬하자 강시원 캐스터가 보란 듯이 강승현을 두둔하고 나섰다. 프로 야구 해설을 하다가 잠깐 고교 야구 중계를 맡은 이응철은 잘 모르겠지만 강승현은 모든 아마 야구인이 손꼽는 최고의 유망주였다.

다행히도 강승현은 5번 타자 주찬기와 6번 타자 김일섭을 땅볼로 돌려세우고 추가 실점 없이 이닝을 끝마쳤다. 덕분에 강시원 캐스터도 가슴을 쓸어내릴 수 있었다.

'신인 고등학교는 하위 타선도 깐깐하니까 이번 이닝에 한 점 정도는 따라붙겠지.'

강시원 캐스터는 3 대 1이라는 스코어가 그리 오래가진 않을 것이라고 여겼다. 현 고교 최강 팀인 신인 고등학교가 에이스 강승현을 내세운 경기에서 이대로 허무하게 패배할 리 없다고 확신했다.

하지만 5회 초 신인 고등학교의 공격은 허무할 정도로 빨리 끝나 버렸다.

7번 타자 기성은은 유격수 땅볼로 아웃.

8번 타자 박명구는 삼진 아웃.

9번 타자 송정남은 우익수 플라이 아웃.

세 타자 모두 박건호의 공에 제대로 된 스윙조차 못 했다.

5회 말에 다시 마운드에 오른 강승현도 세명 고등학교의 하위 타선을 삼자범퇴로 돌려세웠다. 그러나 내용이 좋지 않았다. 세 타자를 상대로 11개의 투구 수만 기록한 박건호와는 달리 강승현은 무려 18개의 공을 던지고 만 것이다.

7번 타자 안상원은 4구 삼진으로 잡아냈고 8번 타자 심인섭은 3구째 포심 패스트볼로 3루 땅볼을 유도해 냈다. 여기까지는 좋았는데 9번 타자 이찬호를 상대로 쓸데없이 삼진 욕심을 낸 게 화근이었다.

결국 11구까지 가는 접전 끝에 이찬호를 삼진으로 잡아내긴 했지만 강승현의 얼굴은 밝지 않았다.

그 모습을 지켜보던 메이저 리그 스카우터들의 반응도 별반 다르지 않았다.

"9번 타자한테 왜 저렇게 힘을 쓰는 거야?"

"글쎄. 9번 타자에게도 삼진을 잡을 수 있다는 걸 보여주고 싶었나 보지."

"그나저나 강승현, 6이닝 이상 버틸 수는 있을까?"

"솔직히 힘들 것 같은데. 벌써 투구 수가 69개야."

올해 강승현의 평균 투구 수는 80구 정도였다. 평균 투구 이닝은 5.2이닝. 워낙에 팀 전력이 막강해 콜드 게임이 잦으면서 이닝 소화 능력에 약간 손해를 보는 상황이었다.

"강승현 한계 투구 수가 몇 개지?"

"90구까지는 가능하지 않을까?"

"아니, 80구야. 80개 넘어가면 피안타율이 대폭 상승한다고."

"그래서 감독이 매번 칼같이 투수를 바꿨구나?"

실제로도 고진욱 감독은 강승현의 투구 수를 철저하게 관리해 왔다. 혹시라도 불필요한 연투로 인해 강승현이라는 상품의 가치가 훼손되는 걸 원천 봉쇄했다.

그 과정에서 강승현은 80구짜리 투수로 전락해 버렸다. 워낙에 공이 좋다 보니 투구 수를 절약하며 7이닝 이상 던지기도 했지만 적어도 오늘 경기에서는 그 요령이 통하지 않았다.

반면 박건호는 5회까지 투구 수가 56구에 불과했다.

이닝당 평균 11.2구.

박건호의 한계 투구 수가 어느 정도인지 알려진 바는 없지만 적어도 7회까지는 무리 없이 버텨줄 것 같았다.

"강승현은 잘 해야 6회까지일 거야."

메이저 리그 스카우터들은 늦어도 7회부터 신인 고등학교가 불펜을 투입할 것이라고 예상했다. 그리고 그 판단은 틀리지 않았다.

6회 초.

강승현이 다시 흔들렸다.

선두 타자로 나선 박인찬을 2구 만에 유격수 땅볼로 유도할 때까지만 해도 분위기는 좋았다.

앞선 타석에서 2루타를 허용했던 그 코스를 역으로 찔러서 박인찬의 방망이를 이끌어낸 모습은 과연 강승현이라는 찬사가 터져 나올 정도였다.

하지만 2번 타자 고상민과의 승부가 좋지 않았다. 투 스트라이크를 먼저 잡아놓고 유인구를 남발하다가 결국 사사구를 내주고 만 것이다.

이후 3번 타자 한승렬을 땅볼로 유도해 더블플레이를 노렸으나 이마저도 실패로 끝났다.

한승렬이 때린 타구가 1, 2루 간 깊숙한 쪽으로 날아가면서 1루 주자 고상민은 2루에서 세이프. 타자 주자 한승렬을 잡아내긴 했지만 2사 2루라는 실점 위기 상황이 만들어지고 말았다.

설상가상 다음 타석은 4번 타자 안승혁의 차례였다.

"타임!"

고심 끝에 고진욱 감독은 마운드에 올랐다. 그러고는 강승현의 손에서 공을 받아 쥐었다.

—아…… 고진욱 감독, 여기서 강승현 선수를 교체합니다. 이닝 종료까지 아웃 카운트가 하나밖에 남지 않았는데요. 조금 섣부른 교체가 아닐까 싶습니다.

불안한 눈으로 그라운드를 내려다보던 강시원 캐스터의 입에서 안타까움이 흘러나왔다.

스코어링 포지션에 주자가 나가 있다고 해도 투 아웃 상황이다. 강승현이라면 얼마든지 이닝을 마무리 지을 수 있을 것 같았다.

하지만 이응철 해설위원의 생각은 달랐다.

─아웃 카운트가 중요한 게 아니죠. 솔직히 2번 타자 고상민 선수를 사사구로 내보냈을 때가 투수 교체 시점이었습니다. 오히려 지금 타이밍은 좀 늦은 감이 있어 보이네요.

─그래도 6회를 마치면 강승현 선수도 퀄리티스타트였는데요.

─개인 기록도 중요하지만 일단은 팀이 먼저죠. 고진욱 감독도 여기서 또다시 점수를 내주면 오늘 경기를 뒤집기 어렵다고 판단했을 겁니다.

고진욱 감독은 강승현을 구원 등판한 좌완 진해성에게 고의사구를 지시했다. 강승현이 안승혁을 거를 것 같지 않으니 일부러 투수를 바꿔서 안승혁과의 승부를 피한 것이다.

"볼!"

홈 플레이트를 한참이나 벗어난 공을 지켜만 보던 안승혁이 아쉬운 얼굴로 1루로 걸어 나갔다. 그리고 5번 타자 주찬기에게 2사 1, 2루 찬스가 걸렸다.

"나도 뭔가를 보여줘야 해."

타석에 들어선 주찬기가 빠득 이를 악물었다. 3, 4, 5번 클린업트리오 중 안타와 타점이 없는 건 자신이 유일했다.

심지어 로또라 불리는 한승렬조차 동점 적시타를 때려내며 제 몫을 다해냈으니 더는 물러설 곳이 없었다.

따악!

주찬기는 2구째 몸 쪽으로 들어온 진해성의 포심 패스트볼을 잡아당겨 3유간을 꿰뚫는 안타를 때려냈다.

다소 짧긴 했지만 2사 이후에 고상민의 주력을 감안했을 때 충분히 추가점을 뽑아낼 수 있는 타구였다.

그런데 생각지도 못했던 곳에서 세 번째 아웃 카운트가 나오면서 이닝이 종료됐다. 1루 주자 한승렬이 2루에서 오버런을 하다가 좌익수 문정렬의 송구에 잡히고 만 것이다.

"야, 이 멍청아!"

눈앞에서 타점을 잃은 주찬기가 한승렬을 향해 버럭 소리를 내질렀다. 그러자 한승렬이 갑자기 발목을 붙잡더니 아픈 시늉을 해댔다.

"꾀병 부리지 마라."

"진짜야. 아까 접질린 거 못 봤어?"

"이거 중계 중이거든? 나중에 두고두고 망신당하고 싶지 않으면 적당히 하지?"

"젠장할. 무슨 2라운드 경기를 중계하고 지랄이야."

한승렬이 무안한 듯 입술을 삐죽거렸다. 그러고는 슬그머니 고개를 돌려 박건호의 눈치를 봤다.

다행히도 박건호의 얼굴은 별다른 변화가 없었다. 추가점을 뽑아낼 수 있던 절호의 기회가 무산됐으니 화가 날 만한데도 아무 일도 없었던 것처럼 마운드의 흙을 골랐다.

"어이, 건쇼. 네가 강승현 이겼다. 이제 네가 현 고교 넘버원이다."

한승렬을 대신해 고상민이 박건호에게 다가가 너스레를 떨었다.

"넘버원은 무슨."

박건호가 피식 웃었다. 애들 장난 같은 소리였지만 그래도 1등이라니 기분은 좋았다.

"참고로 그 잘난 강승현을 끌어내린 게 바로 나다."

"그 소리 왜 안 나오나 했다."

"그러니까 승렬이가 멍청한 짓한 건 그냥 넘어가라."

"뭐라고 할 생각도 없었다."

본래 한승렬은 수비만큼이나 주루 플레이도 소극적이었다. 예전 같았으면 홈 승부를 틈타 3루까지 내달리려는 생각 자체를 하지 못했을 것이다.

그런 점에서 박건호도 한승렬의 적극적인 의지만큼은 칭찬해 주고 싶었다. 물론 2루에서 몇 걸음 움직이지도 못하고 송구에 잡힌 건 좀 부끄러웠지만 말이다.

"어쨌든, 강승현 내려갔으니까 이제부터 맘 편히 던져라."

고상민이 씩 웃으며 박건호의 엉덩이를 두드렸다. 고교 최대어라 불리는 강승현과 나란히 공을 던진다는 게 쉽지 않았을 텐데 1실점으로 잘 막아준 박건호가 대견하기만 했다.

하지만 10년짜리 꿈을 꾼 탓일까. 박건호는 애당초 강승현이 크게 부담스럽지 않았다.

'메이저 리그 정복한다고 큰소리 떵떵 쳐 놓고선 마이너 리그 전전하다가 한국으로 돌아왔는데 뭘.'

박건호는 머릿속에서 강승현이라는 이름 석 자를 지워 버렸다. 기대했던 강승현과의 맞대결이 허무하게 끝나서 아쉽긴 했지만 그렇다고 다시 강승현을 마운드에 끌어올릴 수는 없는 노릇이었다.

'정신 차리자, 박건호. 아직 경기 안 끝났어.'

천천히 숨을 고르며 박건호가 홈 플레이트 쪽으로 고개를 돌렸다. 때마침 타석에 1번 타자 성은창이 들어왔다.

"한승렬! 번트 조심해라!"

박건호가 3루 쪽으로 고개를 돌려 소리쳤다. 그러자 한승렬이 두 번 당하지 않겠다며 제 글러브를 힘껏 두드렸다.

안승혁도 1루 베이스 라인 안쪽으로 두어 발 전진했다. 2루수 김일섭과 유격수 고상민 역시 베이스를 커버할 준비를 했다.

'젠장.'

세명 고등학교 내야수들의 기민한 움직임에 성은창이 질근 입술을 깨물었다. 2구 이내로 다시 한번 3루 쪽으로 기습 번트를 대볼 생각이었는데 분위기상 쉽지 않을 것 같았다.

그런 성은창을 상대로 박건호는 초구부터 묵직한 포심 패스트볼을 내던졌다.

퍼엉!

바깥쪽으로 향했던 안상원의 미트가 요란스럽게 꿈틀거렸다.

"스트라이크!"

구심이 단호하게 오른팔을 들어 올렸다. 성은창이 멀었다는 표정을 지었지만 구심은 눈 하나 까딱하지 않았다.

─박건호 선수, 좌타자를 상대로 던지는 저 바깥쪽 포심 패스트볼이 정말 좋은데요.

─네, 구속도 154km/h가 나왔습니다.

─구속도 구속이지만 박건호 선수가 약간 크로스 스텝으로

공을 던지는데 이렇게 되면 좌타자 입장에서는 등 뒤에서 공이 날아오는 것처럼 보이거든요. 어지간한 타자는 방망이조차 내밀지 못할 것 같습니다.

이웅철 해설위원의 설명처럼 좌타자인 성은창은 박건호의 공이 날아올 때마다 움찔거리며 몸을 떨어댔다.

지금껏 여러 명의 좌투수를 만나왔지만 박건호처럼 머리 뒤쪽에서 공을 던지는 투수는 처음이었다.

몸 쪽으로 붙어 들어오는 공은 사구를 각오하지 않고는 방망이를 휘두를 수조차 없었다. 바깥쪽으로 도망치는 공은 타이밍을 맞추기 너무 어려웠다.

한복판 실투라고 생각되는 공은 마지막 순간 바깥쪽으로 빠져나가고, 바깥쪽에 꽉 차게 들어온다 싶으면 어느새 스트라이크존을 완전히 벗어나 버렸다.

게다가 박건호는 포심 패스트볼만 위력적인 게 아니었다. 포심 패스트볼처럼 들어오다가 예리하게 꺾여 나가는 슬라이더는 고교 야구 최고의 교타자 중 한 명이라 불리던 성은창의 방망이마저 헛돌게 만들었다.

"스트라이크, 아웃!"

믿었던 1번 타자 성은창이 삼진으로 물러나면서 신기준의 운명도 결정됐다.

루상에 주자가 없을 때는 평균 이하의 타자가 된다는 걸 증명이라도 하듯 신기준은 공 세 개를 연속 헛스윙한 뒤에 타석에서 내려왔다.

−박건호 선수, 이웅철 해설의 말씀처럼 좌타자를 상대로 강한 면모를 보여줍니다. 연속 삼진인데요.

−아직 6회가 끝나지 않았는데 삼진이 벌써 8개째죠? 정말 보면 볼수록 매력적인 투수입니다.

−이제 타석에 우타자인 조승훈 선수가 들어오는데요.

−우타자라고 해서 박건호 선수의 공이 쉬운 건 결코 아닐 겁니다. 일반적인 좌투수에 비해 공이 더 멀리서 날아오니까 타이밍을 맞추기가 쉽지 않겠죠.

−그래도 조승훈 선수, 두 번째 타석에서 안타를 때려냈으니 기대를 해봐도 되지 않을까요?

−하지만 첫 타석에서는 박건호 선수가 3구 삼진을 잡아냈죠. 아마 이번 타석도 조승훈 선수에게는 쉽지 않은 대결이 될 것 같습니다.

이웅철 해설위원의 말이 떨어지기가 무섭게 박건호가 공을 내던졌다. 뒤이어 퍼엉 하는 포구 소리가 경기장에 울려 퍼졌다

"크윽!"

공을 지켜보던 조승훈은 질근 입술을 깨물었다. 바깥쪽인 것 같아 방망이를 멈췄는데 정작 공은 거의 한복판으로 들어왔다. 말 그대로 치라고 던져 준 공인데 그걸 놓치고 만 것이다.

실투가 확실했던지 박건호도 포수에게 미안하다는 제스처를 보냈다.

'하나만 더 던져라. 하나만⋯⋯!'

조승훈은 박건호가 또다시 실투성 공을 던져 주길 바랐다. 기왕이면 조금 전처럼 한복판 포심 패스트볼이 들어오길 기도했다.

하지만 박건호가 내던진 공은 바깥쪽으로 완전히 빠지는 듯하더니 마지막 순간에 홈 플레이트 끝자락을 걸치고 들어와 버렸다.

"스트라이크!"

구심이 가볍게 오른손을 들어 올렸다. 조승훈이 말도 안 된다며 입을 쩍 하고 벌렸지만 구심은 자신이 정해놓은 스트라이크존을 통과했다고 판단했다.

'미치겠네.'

볼카운트가 절대적으로 불리해지면서 조승훈의 얼굴이 딱딱하게 굳어졌다. 그런 조승훈을 위해 안상원이 오랜만에 네 개의 손가락을 폈다.

커브.

"후우……."

사인을 확인한 박건호는 천천히 고개를 주억거렸다. 지난 동일 고등학교와의 예선전 이후 슬라이더에 대한 자신감은 생겼지만 커브는 아직이었다.

본래 잘 던지던 구종이 아니다 보니 한복판 스트라이크로 던지는 것조차 버거울 때가 많았다.

하지만 그렇다고 해서 커브를 버릴 수는 없었다.

'그래도 명색에 건쇼인데…….'

슬레이튼 커쇼의 주 무기인 명품 커브 수준은 어렵겠지만 프로에 가기 전에 적어도 쓸 만한 커브를 던지고 싶었다.

후앗!

박건호가 평소처럼 투수판을 박차고 앞으로 나갔다. 자연스럽게 조승훈은 테이크백을 준비했다.

투 스트라이크를 먹은 이상 모든 공에 전부 대처해야 했다. 그렇다면 가장 빠른 포심 패스트볼에 초점을 맞추고 체인지업과 슬라이더를 걷어내는 수밖에 없었다.

그러나 정작 박건호의 손가락을 빠져나간 공은 너무도 느리게 허공을 가로질러 날아왔다.

조승훈은 자신도 모르게 방망이를 휘돌리고 말았다.

퍽!

거의 타자의 얼굴 높이로 떨어진 커브볼이 안상원의 미트에 파묻혔다.

"스트라이크, 아웃!"

구심이 기다렸다는 듯이 세 번째 삼진을 외쳤다.

"그렇지이이!"

"잘한다! 박건호!"

백여 명 남짓한 세명 고등학교 응원석이 또다시 떠들썩해졌다. 그 소리가 천여 명 가까이 자리한 신인 고등학교 응원단을 주눅 들게 만들었다.

"다들 정신 차려! 대체 뭘 하고 있는 거야!"

참다못한 신인 고등학교 고진욱 감독이 선수들을 불러 모아놓고 호통을 쳤다.

고교 최강이라 불리는 신인 고등학교가 고작 2라운드에서 3류 고등학교에게 끌려 다니고 있으니 그야말로 기가 찰 노릇이었다.

"지상이하고 주엽이, 책임지고 하나씩 때려라. 중심 타자가 되어서 안타가 없다는 게 말이 되냐?"

옆에 있던 박상민 타격 코치가 괜히 송지상과 김주엽을 닦달했다. 7회 초 공격은 4번 송지상부터다. 송지상이 활로를 열어준다면 두 점 차이는 언제든지 뒤집을 수 있었다.

그러나 믿었던 7회 초 공격에서도 신인 고등학교는 추격에 실패했다.

4번 타자 송지상이 몸 쪽 포심 패스트볼을 잡아당겨 빗맞은 안타로 출루한 것까지는 좋았지만 5번 타자 김주엽이 귀신같은 병살타를 때려내며 찬물을 끼얹어버린 것이다.

6번 타자 문정렬은 바깥쪽을 파고드는 백도어성 슬라이더를 지켜보다 스탠딩 삼진 아웃.

"하아……."

설마 이대로 질까 싶었던 고진욱 감독의 눈빛이 불안하게 흔들리기 시작했다.

"괜찮아!"

"할 수 있어! 우린 신인고잖아!"

더그아웃의 눈치를 살피며 선수들이 다시 모여 파이팅을 불어넣었다. 하지만 효과는 없었다. 오히려 4번 타자 안승혁에게 다시 적시타를 허용하며 점수 차이가 3점까지 벌어졌다.

"세명의 4번 타자, 대단한데?"

"그러게 말야. 타자 중에는 눈여겨볼 만한 선수가 없다 싶었는데 저 4번, 마음에 들어."

"체격 조건도 좋고. 클러치 능력도 가진 것 같고 말이야."

"신인의 클린업트리오보다 나은 거 같은데?"

메이저 리그 스카우터들이 안승혁을 향해 눈을 반짝거렸

다. 하지만 그것도 잠시.

퍼엉!

박건호가 8회 초 피칭에 들어가자 다시 모두의 관심이 박건호에게 몰려들었다.

"방금 공 봤어?"

"80구째 공인데 153㎞/h라니. 체력이 장난 아닌데?"

"그러게 말이야. 강승현도 내려갔고 점수 차이도 벌어졌으니 슬슬 긴장감이 풀릴 시점이 왔는데 빈틈이 없어."

"저런 녀석이 왜 아직까지 알려지지 않았던 거지?"

메이저 리그 스카우터들은 자신이 강승현의 피칭을 보기 위해 경기장을 찾아왔다는 사실을 까맣게 잊어버렸다. 마치 강승현이라도 되는 것처럼 경기를 지배해 나가는 박건호의 피칭에 푹 빠져 버렸다.

그리고 박건호는 9회 초까지 깔끔하게 틀어막고 팀의 승리를 지켜냈다.

최종 스코어 4 대 1.

승리투수 박건호.

경기 MVP도 박건호의 몫이었다.

9장
관심

1

"그만 좀 봐라. 그러다 닳겠다."

"너도 보여줄까?"

"됐어, 인마."

"그래도 한번 봐봐. 자."

안상원이 마지못해 박건호가 내민 종이를 받아 들었다. 투구 기록지라고 적힌 종이 아래에는 박건호의 오늘 투구 내용이 간단하게 적혀 있었다.

9이닝 4피안타 1사사구 1실점(무자책).

탈삼진 11개. 투구 수 100개.

'건호 녀석, 잘 던지긴 했네.'

안성원이 슬쩍 입가를 비틀어 올렸다. 박건호라는 이름이 없었다면 강승현의 투구 기록지라는 착각이 들 정도로 훌륭한 피칭이었다.

그러자 박건호가 기다렸다는 듯이 이죽거렸다.

"어때? 감탄이 절로 나오냐?"

"그래. 대단하다, 대단해."

"크흐, 그렇지?"

"너 말고 내가 대단하다고."

"……뭐 인마?"

"널 데리고 고교 최강 신인 고등학교를 잡았는데 그럼 당연히 내 리드가 대단한 거 아니냐?"

안상원도 보란 듯이 어깨를 으쓱거렸다. 본래 이런 걸로 자랑하는 성격은 아니었지만 박건호의 눈부신 투구 기록지를 보니 숟가락 하나쯤은 얹어야겠다는 욕심이 들었다.

그러자 옆자리에 앉아 있던 한승렬이 한마디 거들었다.

"너 인마, 나한테…… 쓰읍. 고마워해야 해."

"넌 또 뭐라고 헛소리하는 거냐?"

"나 아녔으면 너…… 자책점이었다고."

한승렬이 어울리지 않게 막대 사탕을 오물거렸다. 경기가 끝나기가 무섭게 어지럽다고 휘청거려서 조기하 감독이 임시 방편으로 물려놓은 것이었다.

"그래, 퍽이나 고맙다. 완봉을 완투로 바꿔줘서."

박건호가 어처구니없다는 표정을 지었다. 1실점 옆에 무자책이란 단어가 있긴 하지만 한승렬이 그 타구를 펌블하지만 않았더라도 무실점 경기가 됐을지도 몰랐다.

"크흠. 뭐, 말이 그렇다고."

"사탕이나 처드셔."

"예압."

"그래도…… 오늘 동점타는 고마웠다."

"……?"

순간 한승렬이 눈을 동그랗게 떴다. 설마하니 박건호의 입에서 대놓고 고맙단 소리를 듣게 될 줄은 몰랐던 것이다.

"네가 웬일이냐?"

안상원도 놀랍다는 반응이었다. 조기하 감독 부임 전까지 박건호가 반쪽짜리 에이스 대접을 받았던 이유 중에는 그의 까칠하면서도 이기적인 성격이 포함되어 있었다.

당연히 경기가 잘 풀리면 제 덕이고 경기에서 지면 남 탓을 했다. 지금처럼 경기가 끝난 다음에도 누군가를 칭찬하는 경우는 극히 드물었다.

그러나 박건호는 예전의 박건호가 아니었다.

"왜 이래? 나 원래 이런 남자였어."

"이런 남자 같은 소리하고 자빠졌네. 신인고 잡았다고 아주 정신이 나갔고만?"

"아니거든? 나 제정신이거든?"

"안 되겠다. 건호야, 한숨 자자. 푹 자고 일어나면 제정신으로 돌아올 거야."

안상원이 억지로 박건호의 시트를 젖혔다. 그러자 박건호가 발끈하며 몸을 일으켰다.

"안 잔다는데 왜 이 지랄이야!"

"오~ 좋아. 욕하는 걸 보니 박건호로 돌아왔군."

"염병."

"그래그래, 이래야 박건호지. 이제 좀 안심이다."

안상원의 너스레에 박건호도 피식 웃고 말았다. 경기 끝나면 거의 말이 없던 안상원이 장난을 치는 걸 보니 내심 기분이 좋은 모양이었다.

"암튼 고생 많았다."

박건호가 안상원을 향해 주먹을 들어 올렸다.

"너…… 진짜 어디 아픈 거 같은데?"

잠시 미간을 찌푸리던 안상원이 마지못해 제 주먹을 갖다 댔다.

그 모습을 지켜보던 장기석 코치의 얼굴도 흐뭇하게 변했다. 솔직히 경기장으로 출발할 때까지만 해도 이렇게 웃으며 돌아갈 수 있으리라고는 기대조차 하지 않았다.

조기하 감독과 스티브 코치가 이길 수 있다고 말하긴 했지만 그 가능성은 0에 가깝다고 봤다.

그런데 한 점 차이도 아니고 4 대 1, 3점 차 승리라니.

이건 확실히 기적 같은 일이었다.

"감독님, 오늘 정말 고생 많으셨습니다."

장기석 코치가 앞좌석으로 고개를 살짝 내밀었다. 하지만 스티브 코치와 나란히 앉아 있던 조기하 감독은 그저 가볍게 고개만 끄덕거릴 뿐 별다른 대꾸가 없었다.

"쉿, 조용히 해. 감독님 지금 전략 분석 중이시니까."

한창식 투수 코치가 눈치를 주며 장기석 코치를 주저앉혔다. 신인 고등학교를 이겼다고 신내는 건 자신들뿐이었다.

조기하 감독과 스티브 코치는 벌써 다음 경기를 구상하느라 정신이 없었다.

"그런데 3라운드 상대가 어디죠?"

"어디긴 어디야. 휘명 고등학교지."

"헉, 또 휘명이에요?"

"그래, 또 휘명이다."

"선발은요? 설마 고우신이 나오는 건 아니겠죠?"

"맞아, 고우신."

"하아, 젠장할."

장기석 코치의 표정이 와락 일그러졌다. 3라운드 상대가 고우신을 앞세운 휘명 고등학교라면 오늘 맞붙은 신인 고등학교와 별반 다를 게 없었다.

기복이 심하고 정교함이 떨어진다는 평가를 받고 있긴 하지만 고우신은 강승현과 더불어 고교 투수 랭킹 10위 안에 드는 우량주였다.

지금까지야 강승현이 지나치게 스포트라이트를 받고 있지만 신인 고등학교가 일찌감치 탈락한 만큼 휘명 고등학교의 최종 성적에 따라 고우신의 주가는 더 치솟을 가능성이 높았다.

그런 고우신을 상대로 세명 고등학교 타자들이 오늘만큼 좋은 경기력을 보여줄 수 있을지는 솔직히 자신하기 어려웠다.

'건호라도 나서준다면 좋겠지만······.'

잠시 박건호를 향했던 장기석 코치의 시선이 다음 선발로 예정된 이신영 쪽으로 움직였다.

휘명 고등학교에 대한 부담 때문인지 다른 선수들이 웃고 떠드는 와중에도 이신영은 굳게 입을 다물고 있었다.

"우리가······ 휘명을 이길 수 있을까요?"

장기석 코치가 나직이 한숨을 내쉬었다.

"솔직히 여기까지 온 것도 대단하잖아. 안 그래?"

한창식 투수 코치가 쓴웃음을 지었다. 이기고 싶은 마음이야 굴뚝같지만 이신영이 박건호처럼 던져 주길 기대하긴 어려워 보였다.

2

"건호야, 너 뭐할 거냐?"

주찬기가 막 야구부실을 나서는 박건호를 붙잡았다.

"하긴 뭘 해. 집에 가야지."

"진짜 집에 가려고? 그러지 말고 소개팅 안 할래?"

"소개팅? 네가?"

"아니, 상민이가 숫자 안 맞는다고 한 명 더 데려오라더라."

"난 또. 네가 무슨 소개팅을 시켜주나 했다."

박건호가 쓴웃음을 지었다. 그러자 주찬기가 불만스럽게 입술을 삐죽거렸다.

"나, 나도 아는 여자 많거든?"

"뭐, 엄마하고 누나? 이모? 고모?"

"잔인한 놈. 꼭 그렇게 두 번 죽여야겠냐?"

"시끄럽고, 난 안 갈 테니까 승렬이 데려가."

"승렬이? 그 자식은 안 돼. 가면 먹히지도 않을 아재 개그나 늘어놓을 거라고."

"그럼 일섭이 데려가든가."

"젠장. 그냥 네가 가면 안 되냐?"

"어, 안 돼. 나 바빠."

박건호가 단호하게 선을 그었다. 고상민이 주선자라면 어떤 그림일지 훤했다.

보나마나 여자 친구 이수연과 그녀의 예쁘기만 한 친구들이 나올 터. 그녀들에게 돈 쓰고, 시간 쓰고, 호구 잡히느니 집에 가서 승리의 기쁨을 즐기는 게 백번 나은 일이다.

"참, 승혁이는 데려가지 마라."

"왜? 아까 얼핏 물어보니까 관심 있는 거 같던데."

"야, 인마. 그 자식은…… 너보다 키도 크고 잘생겼잖아."

"……좋은 정보 고맙다, 개새끼야."

"그러니까 승렬이 데려가라고. 네가 승렬이보다는 나으니까."

"그래? 그럼 그럴까?"

박건호의 사탕발림에 주찬기가 한승렬에게 다가갔다. 아니나 다를까. 한승렬은 몇 마디 듣지도 않고 주찬기의 어깨를 감싸 안았다.

"평소에는 친하지도 않는 것들이……."

박건호가 피식 웃었다. 고상민에게는 미안한 일이지만 같이 호구 노릇해 줄 친구가 필요한 거라면 안승혁보다 한승렬이 백번 낫다.

무엇보다 안승혁은 미래의 메이저리거였다.

"크흠, 꿈이긴 하지만 우리 시은이하고 썸도 타고 그랬으니까."

꿈에서는 괜한 자격지심 때문에 둘의 연애에 훼방을 놓았다. 하지만 지금은 달랐다. 설사 둘이 싫다 하더라도 억지라도 붙여놓을 각오가 되어 있었다.

"그나저나 업데이트가 됐으려나?"

박건호는 들뜬 발걸음을 이끌고 집으로 달려갔다. 여느 때처럼 집에는 아무도 없었다.

거실 구석에 가방을 던져 놓은 뒤 박건호는 일단 컴퓨터 앞에 앉았다. 그리고 곧바로 한국 고교 야구 홈페이지에 접속했다.

"아 진짜, 박시은. 쓸데없는 것 좀 깔아놓지 말라니까."

요 며칠 컴퓨터 관리를 하지 않아서인지 홈페이지에 들어가는 데 한참 걸렸다.

관리라고 해봐야 고작 백신 프로그램을 돌리는 수준이었지만 올해로 6년째가 되어가는 컴퓨터라 그마저도 하지 않으면 숨이 넘어간 듯 헐떡거렸다.

"으으! 짜증 나, 진짜."

결국 참다못한 박건호가 백신 프로그램을 클릭했다. 그리고 무려 30여 분간 2개의 프로그램을 돌리며 쓸데없는 스파이웨어들을 정리하고서야 컴퓨터가 제대로 숨을 쉬기 시작했다.

"오빠 왔네~"

때마침 컴퓨터 살인미수 용의자가 제 발로 찾아왔다.

"너 내가 컴퓨터에 이상한 거 깔지 말라고 했지?"

"내가 안 깔았거든?"

"내가 뭐 뜨면 다운받지 말라고 몇 번 말했냐?"

"아, 씨. 그거 안 받으면 안 들어가지는데 나더러 어떻게 하라고!"

"그럼 안 들어가면 되지! 그놈의 아이돌 덕질은 언제까지 할 거냐? 네가 쓸데없이 모은 아이돌 영상 때문에 컴퓨터 버벅대는 거 안 보이냐?"

"그럼 오빠는! 보지도 않는 EBS 방송은 왜 자꾸 모으는데?"

"……그거 이상한 거 아니거든?"

"어쨌든! 오빠가 야동을 하도 많이 받아서 버벅대는 거라고 지난번에 컴퓨터 수리 기사 아저씨가 말했거든?"

"누, 누가 그딴 헛소리를 하는 거야?"

"됐으니까 말시키지 마. 한 번만 더 뭐라고 하면 엄마한테다 이를 거야!"

박시은이 쾅 하고 제 방문을 닫고 들어가 버렸다. 괜히 제 발이 저리니 먼저 선수 치는 것이겠지만 비밀 보급 창고의 위치가 들통 난 만큼 박건호도 더는 박시은을 닦달할 수 없었다.

"젠장, 폴더 이름을 뭘로 바꾸지?"

박건호가 EBS 방송 폴더에 F2 버튼을 누른 채로 한참을 고심했다. 그러자 옷을 갈아입고 나온 박시은이 어처구니없다는 표정을 지었다.

"오빠 바보야? 딱 봐도 용량이 엄청난데 이름만 바꾼다고 내가 모를 거 같아?"

"그런 거 아니거든?"

"하아, 눈 가리고 야옹 하는 것도 아니고 진짜 한심하다."

"무식하게 야옹이 뭐냐?"

"무식하다니. 공부하기 싫어서 야구 시작한 오빠가 나한테 할 말은 아닌 거 같은데?"

"그, 그러게 왜 네 노트북 놔두고 내 컴퓨터 가지고 난리야!"

"무선 인터넷은 영상 끊긴다고 몇 번 말해!"

"진짜 그놈의 덕질⋯⋯."

"자신 있으면 엄마 앞에서 컴퓨터 한번 까보시든가."

"쳇, 됐다. 말을 말자."

박건호가 씩씩거리며 컴퓨터 모니터로 시선을 옮겼다. 그리고 신경질적으로 익스플로러를 클릭했다.

딸깍.

수십여 개의 악성 프로그램이 제거되어서인지 한국 고교 야구 홈페이지가 단번에 열렸다.

세명 고등학교, 우승 후보 신인 고등학교 4 대 1 완파!

메인 화면에는 세명 고등학교와 신인 고등학교 간 경기 소식이 걸렸다. 대형 포털 사이트 스포츠란에서는 찾아보기 어려운 기사였지만 고교 야구만 전문적으로 다루는 사이트다 보니 대통령배 경기 결과가 비중 있게 다뤄졌다.

"올~ 이겼네?"

500㎖ 우유팩을 통째로 입에 문 채로 박시은이 방문 앞을 기웃거렸다.

"딱 보면 모르냐?"

"난 또. 보자마자 시비 걸기에 왕창 깨진 줄 알았지."

"……우유나 처잡숴. 그런다고 크겠냐만."

"뭐, 뭐래? 나 정도면 안 작은 편이거든?"

"뭔 소리야? 네 키 이야기 한 건데."

"누, 누가 뭐래? 진짜 짜증이야!"

"짜증 나면 좀 나가라. 나도 오랜만에 컴퓨터 좀 하게."

"왜? 나 나가면 방문 닫고 뭐하려고? 오랜만에 EBS 방송 실컷 보시려고?"

"아니거든?"

"그럼 하던 거 하세요. 난 여기서 조용히 있을 테니까."

"아오, 진짜⋯⋯."

박건호가 빠득 이를 갈았다. 하나밖에 없는 동생이라 잘해 주려다가도 이럴 때면 진짜 머리통을 쥐어박고 싶어졌다.

하지만 여기서 화를 내고 박시은을 내쫓으면 이상한 오해를 사게 될 게 뻔했다.

딸깍.

박건호는 마우스를 움직여 고교 랭킹을 클릭했다. 그가 쉬지 않고 집에 달려온 가장 큰 이유도 바로 고교 랭킹을 확인하기 위해서였다.

오늘 대회 이전까지 박건호의 통합 고교 투수 랭킹은 200위권 밖이었다. 공식 대회라고는 지난달 대통령배 예선전 한 경기만 등판한 게 전부니 제대로 된 평가를 받기가 어려웠다.

그러나 지금은 달랐다.

'신인 고등학교를 잡아냈으니 적어도 100위 안에는 들겠지.'

박건호가 씩 웃으며 화면을 밑으로 내렸다. 누적 데이터가 적으니 순위가 대폭 올라가지는 않겠지만 내심 에이스 랭킹이라는 50위권 진입도 기대했다.

그런데…….

'젠장, 없네.'

51위부터 100위까지 순위표를 천천히 살펴봤지만 박건호라는 이름은 보이지 않았다.

101위부터 150위도 마찬가지. 당황한 눈으로 200위까지 훑어봤지만 그곳 어디에도 박건호는 없었다.

'아직 업데이트가 안 된 건가?'

박건호는 마우스를 내려 본래 자신의 순위였던 277위를 찾았다. 하지만 그곳에도 박건호의 흔적은 사라지고 없었다.

'뭐야? 뭐가 어떻게 된 거야?'

혹시나 하는 마음에 박건호는 마우스 휠을 위쪽으로 움직였다.

40위.

30위.

20위.

그리고 조금 더 마우스를 올렸을 때, 박건호는 보고야 말았다. 세명 고등학교라는 학교명 옆으로 쓰인 박건호라는 이름 석 자를 말이다.

'17위!'

박건호가 자리에서 벌떡 일어났다. 그러자 느긋하게 우유를 마시던 박시은이 화들짝 놀라며 제 방으로 달아났다.

"크아아아아!"

그 모습을 지켜보며 박건호는 포효하듯 소리를 내질렀다.

17위, 17위다!

이 순위만 유지한다면 프로 지명도 문제없을 것 같았다.

같은 시각.

"박건호? 박건호가 누구야?"

트윈스의 스카우터 송인호가 고개를 돌려 물었다. 하지만 방 안에 있는 이들 중 누구도 박건호라는 이름을 기억하지 못했다.

"박건호 아는 사람 없어?"

"어딘데?"

"세명 고등학교."

"세명? 거기 폐부한 곳 아냐?"

"젠장! 됐어! 아무튼 도움이 안 된다니까."

동료들의 무성의한 대답에 질린 송인호가 재빨리 검색을 시작했다. 그리고 세명 고등학교와 박건호에 대한 기본적인 데이터를 머릿속에 집어넣었다.

'그러니까 폐부 직전까지 갔던 세명 고등학교가 징계 먹고 처음 나온 전국 대회에서 신인 고등학교를 잡아냈다고? 그것도 강승현이 선발로 나온 경기를?'

송인호는 믿을 수 없다는 눈으로 관련 기사들을 꼼꼼히 살폈다. 그러다 낯익은 기자 이름을 확인하고는 재빨리 전화를 걸었다.

─송 형이 이 시간에 어쩐 일이야?

"최 기자가 쓴 기사 있잖아."

─기사? 어떤 거. 내가 쓰는 기사가 한두 개여야 말이지.

"대통령배, 신인 고등학교하고 세명 고등학교 경기."

─아, 그거? 그거 내가 안 썼는데?

"후배가 쓴 거야?"

─그렇지. 내가 고교 야구 들여다볼 시간이 어디 있어.

"어쨌든, 그 기사에 나온 박건호에 대해서 아는 거 있어?"

─누구? 박…… 뭐?

"박건호! 완투한 세명 고등학교 투수!"

─아, 그 좌완 투수? 그렇지 않아도 후배 놈이 와서는 대단한 보석을 발견한 것처럼 떠들어대긴 했는데…….

"그래?"

─내 눈으로 보질 못했으니 알 수가 있나. 그래서 중계 방송 녹화본 넘어오면 살펴볼 생각이었지.

"그 영상 넘어오면 나한테도 좀 보내 줘."

─대신 이번에는 진짜 술 사는 거다?

"그래, 영상 마음에 들면 열 번이고 산다."

─말은 잘해요.

허풍이 통했는지 채 한 시간이 지나지 않아 퀵 서비스가 도착했다. 용량이 워낙 큰 탓에 아예 CD로 구워서 보내온 것이다.

박건호에 대한 새로운 정보를 찾느라 눈이 벌게질 때까지 인터넷을 뒤적거렸던 송인호는 곧장 CD를 재생했다. 그러고는 얼마 지나지 않아 나직이 탄성을 터뜨렸다.

"좌완이 155라니."

송인호는 자신도 모르게 마른침을 꿀꺽 삼켰다. 155km/h는커녕 150km/h을 넘기는 좌완도 없어서 140km/h대 중반의 좌완 투수에게 파이어볼러라는 별명을 붙여주고 있는 요즘 고교 야구에서 듬직한 체구로 155km/h의 포심 패스트볼을 내리꽂는 박건호의 피칭은 송인호의 시선을 단숨에 사로잡아 버렸다.

"뭐야? 강승현이야?"

"어차피 메이저 간다는 놈을 뭐하러 보는 거야?"

저녁 식사를 마치고 돌아온 동료들이 영상을 힐끔 넘겨보고는 제멋대로 떠들어 댔다. 조만간 있을 신인 드래프트 때 뽑을 만한 괜찮은 인재를 찾아내지 못한 송인호가 미련한 짓을 한다고 여겼다.

하지만 송인호는 굳이 입 아프게 해명하려 들지 않았다. 박건호의 피칭을 본다면 깐깐한 스카우트 팀장은 물론이고 다른 구단에서 왔다고 텃세 부리던 동료들조차 엄지를 치켜들 수밖에 없을 거라 확신했다.

"팀장님! 아직 퇴근 전이시죠?"

"이제 퇴근할 건데 왜?"

"그럼 이거 한 번만 봐 주세요."

"뭔데 이래?"

"제가 트윈스의 10년을 책임질 보석을 찾았습니다."

"그놈의 10년 타령, 지겹지도 않아?"

박건호의 투구 영상을 정리하기가 무섭게 송인호는 팀장을 찾아갔다. 처음에는 시큰둥하던 팀장도 동영상이 시작되자 박건호의 피칭에서 눈을 떼지 못했다.

"얘 이름이 박건호야?"

"네, 세명 고등학교 3학년 투수입니다."

"키가 얼마야?"

"프로필이 워낙 제각각이라 확실하게 알 수는 없지만 최소 180 이상은 되는 것 같습니다."

"그런 소리는 나도 하겠다. 어쨌든 박건호에 대해서 한번 알아봐. 부상 경력은 없는지. 누구한테 배웠는지 빼먹지 말고."

"넵, 알겠습니다."

"봐서 괜찮을 거 같으면 5라운드 이전에 찍어보자고."

"팀장님, 5라운드라니요. 그럼 진즉 빠질 겁니다."

"그럼 넌 몇 라운드감이라고 생각하는데?"

팀장이 못마땅한 눈으로 송인호를 바라봤다. 그러자 송인호가 기다렸다는 듯이 손가락을 두 개 펴 보였다.

"2라운드?"

"네, 그것도 최소입니다. 이대로 아시아 청소년 야구 선수권 대회에 합류하기라도 하면 금방 눈에 띌 겁니다."

대통령배가 끝나면 대만에서 열리는 제11회 아시아 청소년 야구 선수권 대회 선수 선발이 시작된다.

송인호는 고교 최강이라 불리는 신인 고등학교를 상대로 완투승을 거둔 박건호라면 대표팀에 합류할 가능성이 높다고 여겼다.

"이거 대박이라고 확신하는 거야?"

"팀장님도 보셨잖습니까."

"이번 한 경기만 잘 던진 걸 수도 있잖아."

"오늘 박건호가 잡아낸 게 신인 고등학교에 강승현입니다. 그런데도 운이 좋았다고 생각하시는 겁니까?"

"거참, 말 많네. 그러니까 보다 확실한 걸 가져와 보라고. 뭐라도 가져와야 나도 확답을 줄 거 아냐?"

"알겠습니다. 열흘, 아니, 일주일만 말미를 주십시오. 그 안에 박건호 빤쓰까지 벗겨 오겠습니다."

송인호가 자신만만한 얼굴로 방을 나섰다. 인맥과 정보력은 부족했지만 추진력만큼은 자신을 따라올 스카우터가 없다고 여겼다.

'먼저 침 발라놔야 해. 그래야 다른 구단에서 집적대지 않지.'

송인호는 고작 한 경기로 박건호의 가치를 알아본 이가 많지 않을 것이라 여겼다.

새로운 선수를 발굴해 내는 게 스카우터의 역할이라지만 스카우터의 세계만큼 보수적인 곳도 없었다. 명문 중학교를 나와 명문 고등학교에 입학해 우수한 지도자 밑에서 착실하게 성장한 선수가 좋은 선수라는 가르침은 이 바닥 정설로 통했다.

설사 몇몇 이가 박건호를 보고 눈을 번뜩였더라도 송인호는 그들보다는 한발 앞서 달리고 있다고 확신했다. 하지만 박건호에게 관심을 갖는 건 비단 송인호만이 아니었다.

"이 녀석이다. 이 녀석을 잡아야 해."

"그게 가능할까요?"

"세명 고등학교 전력상 좋은 성적을 내긴 힘들어. 박건호라고 매 경기 선발 등판하진 못할 테니까 결국 상위 라운드에서 찍히긴 어렵겠지."

"그렇다고 대학에 올 것 같진 않은데요."

"이 정도 하드웨어면 내가 조금만 다듬어도 4년 뒤에 1차 지명 받을 수 있을 거야. 여차하면 해외 진출도 가능할 테고. 딱 보니까 자존심 좀 있어 보이는데 하위 라운드에서 대우도 못 받고 찍히는 것보다는 나중을 기약하려 들겠지. 안 그래?"

대학 리그 상위권 팀들도 박건호를 에이스감으로 점찍었다. 신인 드래프트가 코앞인데 고작 한 경기 반짝 활약한 박건호가 상위 라운드에 지명될 가능성은 낮을 테니 반발심에 대학에 입학할지도 모른다며 김칫국을 들이켰다.

하지만 박건호는 대학에 진학할 생각이 전혀 없었다.

"대학에 가면 너무 늦어. 대학 4년에 FA까지 8년, 거기다 군대까지 다녀오면 좋은 대접받기 어렵다고."

대학 졸업 후 곧바로 프로 야구 1군에 합류해 꾸준한 활약을 펼친다고 가정했을 때, FA 자격을 얻을 때까지 걸리는 시간은 14년이었다.

아시안 게임을 통해 병역 혜택을 받더라도 FA가 되는 시점은 서른둘. 30대 중반부터 노장으로 분류되는 프로 야구에서 4년 후 두 번째 FA를 바라보기란 결코 쉽지 않았다.

그러나 고등학교 졸업 후 곧바로 프로에 진출한다면 상황은 달랐다. 대학 졸업자보다 FA 취득 연한이 1년 늘어나지만 대신 대학교 4년이 빠지니 20대 후반에 FA가 되는 게 가능했다.

20대 FA와 30대 FA는 몸값부터 차이가 컸다. 게다가 4년 후 FA 자격을 재취득한 이후에도 제대로 몸값을 받아낼 수 있었다.

"무조건 이번 드래프트 때 지명을 받아야 해. 가능하면 상위 라운드에서 지명돼야 1군에서 뛸 기회를 잡을 수 있어."

모든 고교 야구 선수의 꿈은 자신들이 동경해 온 연고 구단으로부터 1차 지명을 받는 것이었다.

세명 고등학교는 서울 트윈스의 연고지에 포함되어 있었다. 그러나 박건호는 트윈스 스카우터들의 눈에 들 기회조차 잡지 못했다.

프로 구단의 스카우터들은 이미 작년부터 1차 지명으로 뽑을 만한 선수들을 추려놓았다. 그리고 봉황기와 황금사자기를 통해 실력을 점검한 뒤에 황금사자기가 끝나기가 무섭게 발표했다.

협회의 징계로 인해 봉황기와 황금사자기를 불참한 세명 고등학교에서 1차 지명자 후보조차 나오지 않은 건 어찌 보면 당연한 일이었다.

지난 대통령배 예선에서 강호 동일 고등학교를 잡아내면서 트윈스 스카우터가 잠시 박건호라는 이름 석 자를 눈여겨봤을지는 모르겠지만 딱 거기까지였다.

본선도 아니고 고작 예선 한 경기만으로 검증된 지명 예정자를 바꾸기란 결코 간단한 일이 아니었다.

10개 구단에서 점찍은 10명의 1차 지명자 중 올해 고등학교를 졸업할 예정인 선수는 6명.

그중 투수가 4명이었다. 하나같이 선발 당시 고교 랭킹 10위 안에 들던 투수들이었다.

1차 지명과 2차 지명 상위 라운드에서 투수들이 주로 뽑히는 건 어제 오늘의 일이 아니었다.

그래서 박건호는 내심 신인 드래프트(2차 지명)에서 상위 라운드에 호명되길 바랐다. 이번 대통령배와 8월에 열리는 협회장기에서 준수한 성적을 거둔다면 충분히 기대해 볼 만하다고 여겼다.

지난 2015 드래프트 결과 1차 지명과 2차 지명, KT 특별 지명을 포함해 총 115명의 선수가 프로에 입단했다.

그중 투수는 총 65명. 비율로는 57퍼센트에 달했다.

65명의 투수 가운데 고교 졸업자는 43명으로 전체의 66퍼센트를 차지했다. 다시 말해 투수 3명 중 2명은 고졸 투수라는 이야기였다.

이번 신인 드래프트가 10라운드까지 진행된다고 가정하고 2015년의 선발 비율을 적용했을 때 프로의 선택을 받을 투수는 최대 57명이었다.

그중 38명 정도가 고교 졸업자로 채워진다면 투수 랭킹 17위인 박건호도 10라운드 이내에 지명될 가능성이 높았다.

하지만 박건호는 하위 라운드 호명은 생각조차 하지 않았다. 최소 3라운드, 못해도 5라운드 안에 지명을 받지 못한다면 고교 졸업 후 곧바로 프로에 갈 의미가 없다고 판단했다.

앞선 라운드에서 뽑힐수록 신인 선수는 더 큰 계약금을 받을 수 있었다. 그리고 그 계약금에 따라 해당 선수들에게 기회가 주어졌다.

"못해도 3라운드 안에 뽑히려면…… 최소한 10위 안에는 들어가야 해."

박건호가 눈을 움직여 최상위권 투수들을 살폈다. 투수 랭킹 1위인 강승현을 비롯해 10위 제정 고등학교 오성민까지 누구 하나 만만한 투수가 없었다. 게다가 점수 차이도 상당했다.

고작 한 경기 만에 박건호의 순위가 단숨에 17위까지 뛰어오른 건 평가가 상대적이기 때문이었다. 200위권 밖의 투수가 고교 랭킹 1위 신인 고등학교를 잡아내면서 엄청난 가산점이 부여된 것이다.

그러나 17위에 오른 지금은 상황이 달라졌다. 박건호가 또다시 신인 고등학교를 상대로 완투를 펼친다 해도 가산점을 기대하긴 어려웠다.

지난 경기를 통해 박건호가 최상위급 고등학교와 대등하게 싸울 수 있는 투수로 분류되어버렸기 때문이다.

"여기서 또다시 순위를 끌어올리려면 4라운드에 올라가는 수밖에 없어."

8강전이 시작되는 4라운드부터는 대통령배 결선으로 분류가 되었다. 그리고 8강전 진출 팀 선수들에게 추가 가산점이 주어졌다.

8강전에서 승리할 경우 승리 팀 선수들에게는 다시 20퍼센트의 가산점이 부여됐다.

그깟 점수 따위 실력으로 만회하면 그만이라고 여길지도 모르겠지만 한국 야구 협회가 제공하는 고교 선수 랭킹 시스템이 프로 야구 스카우터들의 기본 데이터로 활용된다는 걸 감안했을 때 결코 놓칠 수 없는 기회였다.

문제는 3라운드(16강전) 대진 상대였다.

서울의 강호 휘명 고등학교.

게다가 상대 선발이 하필이면 에이스 고우신이었다.

현 고교 투수 랭킹 5위인 고우신은 지난 1차 지명 때 강동 대학교 에이스 조성윤에게 밀려 베어스의 선택을 받지 못했다.

베어스 구단 관계자는 조성윤과 고우신, 둘을 놓고 고심했다고 털어놓았지만 항간에는 고우신의 들쑥날쑥한 피칭 때문에 베어스에서 일찌감치 조성윤을 선택했다는 이야기가 떠돌았다.

하지만 컨디션이 좋을 때의 고우신은 강승현과 맞먹는다는 평가를 받았다. 특히나 포심 패스트볼의 무브먼트가 좋아서 메이저 리그 스카우터들도 관심을 갖는 것으로 알려졌다.

이런 고우신을 상대로 세명 고등학교가 내세운 투수는 3학년 좌완 이신영.

박건호에 이어 팀 내 2선발 자원이었지만 솔직히 고우신을 상대로는 여러모로 부족할 수밖에 없었다.

"아니야, 믿어야 해. 이런 때일수록 신영이를 믿어야 해!"

박건호는 흔들리는 마음을 냉큼 다잡았다. 이신영이 휘명 고등학교를 상대로 호투를 펼치고 안승혁을 비롯한 타자들이 강승현을 무너뜨렸던 것처럼 고우신을 무너뜨려 줘야만 박건호도 4라운드에서 다시 공을 던질 수 있었다.

"나는 믿을 거야. 신영이를 믿을 거야."

박건호는 신인 고등학교를 격파한 여세를 이어 간다면 휘명 고등학교를 상대로도 좋은 결과를 낼 수 있을 것이라 굳게 믿었다. 하지만 경기 결과는 일방적이었다.

10 대 2.

휘명 고등학교의 7회 콜드 게임 승리.

안승혁이 2타점 2루타를 때려내며 분전했지만 탈삼진만 11개를 잡아낸 고우신의 높은 벽을 넘지 못했다.

"미안하다, 건호야."

패전의 멍에를 쓴 이신영은 고개를 들지 못했다. 하리모토 코치의 집중 조련 속에 제구는 상당 부분 개선됐지만 평균 구속이 145㎞/h에 불과한 포심 패스트볼로는 휘명 고등학교 강타선을 이겨내기가 어려웠다.

"괜찮아, 인마. 이길 때도 있고 질 때도 있는 거지."

박건호는 애써 웃었다. 자신이 등판하지 못한 경기에서 큰 점수 차이로 패배해 속이 쓰렸지만 그걸 이신영의 탓으로 돌릴 수는 없는 노릇이었다.

이신영은 오늘 경기에서 최선을 다했다. 실투도 거의 없었고 안상원과 호흡도 좋았다. 게다가 이신영이 내준 점수는 4점뿐이었다. 강호 휘명 고등학교를 상대로 5이닝 4실점이면 잘 던졌다고 봐야 했다.

'준욱이 녀석이라도 있었다면 좋았을 텐데.'

박건호는 동일 고등학교로 전학 간 송준욱을 붙잡지 않았던 게 후회됐다. 그때는 강성용 패거리라는 이유만으로 낙동강 오리알 신세가 된 송준욱을 애써 외면했다. 팀을 위해서라도 그 편이 낫다고 판단했다.

그러나 만약에 송준욱이 남아서 훌륭한 코치진의 지도를 받았다면, 그래서 이신영만큼 실력이 늘었다면 적어도 휘명 고등학교에게 이렇듯 대패하진 않았을 것 같았다.

'이것도 이제 쭉 미끄러지려나……'

박건호가 씁쓸한 얼굴로 고교 투수 랭킹을 바라봤다. 더 이상 등판할 기회가 없는 만큼 순위 하락은 불가피해 보였다.

하지만 4라운드 때 19위로 내려간 이후로 박건호의 순위는 더 이상 변화가 없었다. 대통령배가 끝난 다음에도 변함없이 19위를 유지했다.

덕분에 생각지도 않았던 희소식이 전해졌다.

"건호야, 축하한다. 너하고 승혁이하고 아시아 청소년 야구 선수권 대회 1차 명단에 포함됐다."

"정말요?"

"그래, 최종 명단에 들지는 확신하기 어렵지만 김인한 감독이 널 좋게 본 모양이다. 너하고 승혁이를 김인한 감독이 적극 추천했단다."

본래 청소년 야구 대표팀은 신인 고등학교의 고진욱 감독이 맡기로 이야기가 되어 있었다.

하지만 신인 고등학교가 세명 고등학교에 불의의 일격을 당하고 2라운드에서 탈락하면서 고진욱 감독도 대표팀 감독 자리를 사양했다. 대표팀을 맡을 경우 협회장기에서 좋은 성적을 내기가 어렵다고 판단한 것이다.

그 과정에서 대표팀 감독 자리는 대통령배 우승 고교인 휘명 고등학교 김인한 감독에게 돌아갔다.

김인한 감독은 대통령배 예선과 본선을 통해 두 차례 세명 고등학교를 상대했다. 그리고 박건호와 안승혁의 실력을 두 눈으로 직접 확인했다.

들리는 소문에 따르면 8강 팀을 중심으로 선수를 선발하겠 다던 협회를 찾아가 김인한 감독이 직접 박건호와 안승혁을 요청했다고 한다. 덕분에 둘의 이름이 1차 명단에 포함된 것 이다.

물론 아직 2차 명단과 최종 명단 발표가 남아 있었다. 하지 만 국가 대표 감독이 직접 추천한 선수라면 협회에서도 뽑아 줄 가능성이 높아 보였다.

'어쩌면……!'

박건호는 내심 기대감을 감추지 못했다. 2차 명단까지는 지 켜보자는 조기하 감독의 말도 흘려듣고 바쁜 어머니와 함께 여권을 만들어 놓기까지 했다.

'그런데 협회장기는 어떻게 하지? 뉴스를 보니까 8월 중순 부터 합숙 훈련한다던데…….'

대통령배가 끝난 현재 남아 있는 전국 대회는 크게 네 개 였다.

8월 중순에 열리는 협회장기.

10월 하순에 열리는 전국체전.

11월 초에 열리는 청룡기.

12월에 열리는 야구 대제전.

이 중 세명 고등학교가 현실적으로 참가할 수 있는 건 협회장기와 청룡기뿐이었다.

전국체전은 서울 지역 예선에서 우승해야 하는데 신인 고등학교와 휘명 고등학교 등 전국 대회 우승 팀을 제치고 세명 고등학교가 서울 대표가 되긴 불가능한 일이었다.

졸업생은 물론이고 현역 프로 선수도 참가할 수 있는 야구 대제전은 세명 고등학교의 고려 대상이 아니었다. 이벤트 성격이 짙은 대회다 보니 창단한 지 얼마 되지 않은 세명 고등학교가 명함을 들이밀기조차 쉽지 않았다.

결국 세명 고등학교 선수들이 프로 스카우터들에게 어필할 수 있는 남은 기회라고는 협회장기와 청룡기밖에 없었다.

그중에서 박건호와 3학년 학생들이 참여할 수 있는 대회는 협회장기뿐이었다. 신인 드래프트(2차 지명)가 협회장기 종료 후 곧바로 실시되기 때문이었다.

신인 드래프트가 끝나면 3학년 선수들의 진로가 결정될 것이다.

프로로 가는 이가 일부, 대학으로 가는 이가 일부, 야구를 포기하는 이가 다수.

이들에게 11월 청룡기는 무의미한 대회였다. 참가해 봐야 후배들의 자리를 빼앗는다는 소리나 들을 남의 대회였다.

만약 박건호가 청소년 대표로 뽑힌다면 협회장기는 포기할 수밖에 없었다. 그리고 박건호와 안승혁이 빠진다면 세명 고등학교 전력상 1라운드 통과조차 기대하기 어려운 상황이었다.

'그래도 명색이 에이스인데 팀을 위해 남아야 할까?'

동료 선수들이 협회장기를 걱정할 때마다 박건호도 고심에 빠졌다.

국가 대표로 뽑힌다는 건 분명 영광스러운 일이지만 자신이 빠져 버린 세명 고등학교 야구부를 생각하면 마음 편히 대만에 가지 못할 것 같았다.

그런 박건호의 복잡한 마음이 전해진 것일까.

'젠장……'

열흘 만에 발표된 2차 명단에서 박건호와 안승혁의 이름이 빠져나갔다.

"너무 서운하게 생각하지 마라. 아무래도 8강 팀에서 불만을 드러낸 모양이다."

내부 사정을 전해 들은 조기하 감독이 씁쓸한 얼굴로 말했다. 애당초 협회 원칙이 전국 대회 8강 고교 팀 내 선발이었곤 하지만 그랬다면 1차 명단에 박건호와 안승혁을 포함시키지 말아야 했다.

조기하 감독은 내심 협회와의 개인적인 앙금 때문에 박건호와 안승혁이 피해를 본 것 같아 미안하기만 했다. 그러나 박건호는 물론이고 안승혁도 홀가분하다는 반응이었다.

"전 안 될 줄 알았어요."

"너도냐? 나도 별 기대 안 했는데."

"원래 8강 팀 우선 선발이었다며."

"전국 대회라고는 대통령배 한 번밖에 못 나갔는데 대표팀에 선발되는 것도 이상한 거지."

박건호와 안승혁은 의미 없는 말로 서로를 위로했다. 인간적으로 국가 대표에 대한 기대가 없었다면 거짓말이겠지만 이렇게 된 이상 자존심이라도 챙기고 싶었다.

다음 날부터 세명 고등학교는 협회장기에 대한 준비에 들어갔다.

"감독님은 이번 대회 목표를 어느 정도로 생각하십니까?"

"목표라. 적어도 대통령배보다는 나은 모습을 보여줘야겠지."

"그럼 4라운드 진출입니까?"

"아니, 5라운드."

조기하 감독의 시선이 협회장기 대진표로 향했다.

이번 협회장기는 전국 70개 학교가 전부 참가 신청을 했다.

그렇다 보니 지난 대통령배보다 일정이 길었다. 대통령배는 4라운드부터 16강전이었지만 협회장기는 5라운드가 16강전이었다.(최다 경기 팀 기준)

최대 64개 학교만 참가했다면 모든 학교가 6라운드를 결승전으로 치를 수 있겠지만 그보다 많은 학교가 참여하면서 일부 학교는 결승에 올라가기 위해서 최대 7번 경기를 치러야하는 상황이 발생했다.

70개 학교 중 단 12개의 학교에게만 주어진 7라운드 특전(?)에 세명 고등학교도 당연하다는 듯 이름을 올렸다.

그나마 다행인 건 1라운드 상대가 세명 고등학교처럼 만들어진 지 오래지 않은 야구부라는 점이었다.

강원도 소재의 강인 고등학교. 야구부원의 숫자가 부족해 참가를 포기하려 했다가 협회 측의 특별 승인으로 겨우겨우 한 자리를 차지한, 이번 대회 최약체로 꼽히는 학교였다.

조기하 감독은 이 강인 고등학교와의 경기에 이신영을 선발로 내보낼 생각이었다. 강인 고등학교라면 이신영이 자신감을 회복하는 데 좋은 상대가 될 거라고 판단했다.

에이스인 박건호는 2라운드, 경암 고등학교전에 선발 등판시킬 예정이었다.

경암 고등학교가 부산, 경남 지역의 강호이긴 하지만 신인 고등학교를 상대로 완투승을 거둔 박건호라면 팀을 3라운드로 이끌어줄 거라 믿었다.

경암 고등학교를 꺾고 3라운드에 오르면 다시 할 만한 학교와 맞붙게 된다.

안상 고등학교와 진명 고등학교 둘 중 누가 3라운드에 올라올지는 모르겠지만 안상원이 좋은 컨디션만 유지해 준다면 승산은 충분해 보였다.

문제는 그다음이다. 4라운드, 16강전부터는 그 어떤 팀도 만만치가 않았다. 흔히 강호라 평가받는 전국 대회 8강권 학교 대부분이 살아서 올라올 게 뻔했다.

대진표상 세명 고등학교가 4라운드에서 맞붙을 팀은 둘 중 하나였다.

대구 경북 지역의 최강 팀 경복 고등학교.

광주 전남 지역의 강호 광일 고등학교.

공교롭게도 두 팀 모두 지난 대통령배에서 4강에 올랐다.

"5라운드까지 가려면 4라운드를 이겨야 합니다."

스티브 코치가 진지한 얼굴로 조기하 감독을 바라봤다. 4라운드에서 휘명 고등학교급 전력을 자랑하는 경복 고등학교나 광일 고등학교를 꺾지 못한다면 5라운드에 올라가는 건 사실상 불가능한 일이었다.

하지만 조기하 감독은 대수롭지 않다는 표정이었다.

"4라운드에 건호를 내보낼 거야."

"2라운드도 만만치 않은데 4라운드까지 너무 버겁지 않을까요?"

"그 정도는 에이스로서 이겨내야지."

지난 대통령배에서 우승 후보 신인 고등학교를 격파하면서 세명 고등학교의 전력은 충분히 노출된 상태였다.

게다가 대진표까지 일찌감치 발표되었으니 세명 고등학교를 상대해야 할지 모르는 학교들은 박건호에 대한 분석을 끝내놓았을 가능성이 높았다.

고교 야구 전문가들은 박건호가 신인 고등학교를 상대로 완투를 거두었던 가장 큰 이유로 생소함과 정보 부족을 꼽았다.

신인 고등학교 코칭스태프들 중 박건호의 포심 패스트볼이 얼마나 빠른지, 어떤 궤적으로 날아드는지, 제구 능력은 어느 정도나 되는지 아는 사람이 단 한 명도 없었다.

그렇다보니 신인 고등학교 타자들도 경기 후반까지 박건호의 공에 적응하지 못했다.

그러나 상대가 박건호를 철저히 분석한다면 상황은 달라질 수밖에 없었다.

"2라운드 때 투구 패턴을 바꾸는 게 어떨까요?"

스티브 코치가 나름의 대안을 내놓았다.

4라운드에서 맞붙을 팀들은 신인 고등학교전 박건호의 데이터를 기준으로 전략을 세워놓았을 것이다.

이때 박건호가 2라운드 경암 고등학교전을 통해 신인 고등학교전과는 다른 피칭을 보여준다면 최소한 4라운드 맞상대 팀들을 혼란스럽게 만들 수는 있을 터였다.

"나쁘지 않은 방법이야. 한번 연구해 봐."

조기하 감독도 긍정적으로 고개를 끄덕였다. 그렇지 않아도 박건호와 안상원의 래퍼토리가 단순한 것 같아 아쉬웠는데 2라운드에 대비해 보완한다면 4라운드에서도 새로운 무기가 될 수 있을 것 같았다.

스티브 코치는 곧장 하리모토 코치를 찾아가 조언을 구했다.

"글쎄. 나는 패턴이 단순하다고 생각하진 않는데."

"감독님 생각은 다르던데요?"

"그, 그래? 그러고 보니 좀 단순한 것 같기도 하고……."

"이게 지난 신인 고등학교전 데이터인데요. 한번 봐볼래요?"

"흠……."

스티브 코치가 내놓은 데이터를 한참 동안 살피던 하리모토 코치가 뭔가 알겠다는 것처럼 고개를 주억거렸다. 그러고는 박건호와 안상원, 안승혁을 불러 라이브 피칭을 지시했다.

"상원, 몸 쪽 슬라이더만 요구해."

"스트라이크로요?"

"일단은."

"네, 알겠습니다."

안상원은 하리모토 코치의 지시대로 몸 쪽 슬라이더를 요구했다.

"후우……."

박건호는 길게 숨을 골랐다. 그리고 머릿속으로 이상적인 슬라이더의 궤적을 그렸다.

안승혁의 시야에서 봤을 때 머리 뒤쪽에서 시작해 점점 안쪽으로 파고들다가 마지막 순간 스트라이크존을 걸쳐 들어오는 공.

후앗!

박건호가 있는 힘껏 공을 던졌다. 다행히도 공은 가상의 궤적과 거의 흡사하게 날아가 안승혁을 옴짝달싹 못하게 만들었다.

"후우……."

자신도 모르게 타석에서 한 발 물러났던 안승혁이 고개를 절레절레 흔들었다. 친구이자 팀의 에이스라서 하는 말이 아니라 정말 만만치가 않았다.

하리모토 코치도 만족스러운 얼굴로 고개를 끄덕거렸다. 하지만 그가 세 사람을 불러 모은 건 고작 좋은 슬라이더를 구경하기 위해서가 아니었다.

"상원."

"네, 코치님."

"이제부터 몸 쪽 볼을 요구해."

"슬라이더로요?"

"그래, 슬라이더로."

"알겠습니다."

잠시 고개를 갸웃거리던 안상원이 시키는 대로 사인을 냈다. 그러자 박건호의 표정이 살짝 일그러졌다.

'볼을…… 던지라고?'

홈 플레이트 오른쪽 가장자리에 놓였던 안상원의 미트가 그보다 공 두 개 정도 오른쪽으로 움직였다. 자연스럽게 박건호의 머릿속 궤적에도 변화가 생겼다.

'이거…… 잘못하단 맞히겠는데?'

가상의 궤적을 확인한 박건호가 자신도 모르게 마른침을 꿀꺽 삼켰다. 고작 공 두 개 정도 빠져나갔을 뿐인데 궤적은 안승혁의 몸에 아슬아슬할 정도로 붙어 있었다.

"후우……."

길게 숨을 고른 뒤 박건호는 안상원의 미트를 향해 힘껏 공을 내던졌다. 하지만 정작 공은 거의 한복판으로 꺾여 들어갔다. 그 공을 안승혁이 놓치지 않고 잡아당겼다.

따악!

요란한 타격 소리와 함께 새하얀 공이 담장 너머로 사라졌다. 그 모습을 멍하니 바라보던 박건호가 이내 눈매를 일그러뜨렸다.

'그러게 왜 볼을 던지라는 거야.'

박건호의 불만 가득한 시선이 안상원을 지나 하리모토 코치에게 향했다.

좌타자의 몸 쪽에 붙는 아슬아슬한 스트라이크라면 얼마든지 던질 수 있는데 쓸데없이 볼 사인이 나왔으니 밸런스가 흐트러질 수밖에 없다고 여겼다.

하지만 박건호의 데이터를 살펴본 하리모토 코치의 생각은 달랐다.

"상원, 지난 경기에서 좌타자에게 던지는 슬라이더를 전부 스트라이크로 요구한 거야?"

"아마 그랬던 것 같은데요."

"이유가 뭐지?"

"음…… 좌타자를 상대로 확실히 스트라이크 잡을 만한 공이 없어서요."

"체인지업은?"

"아무래도 신인 고등학교 좌타자들이 좀 위험해서…….."

"최대한 자제했다는 말이로군."

"그렇습니다."

"흠……."

하리모토 코치가 천천히 고개를 주억거렸다. 데이터를 살펴봤을 때만 해도 확신이 들지 않는데 박건호의 투구와 안상원의 설명을 들으니 패턴이 단조롭다던 조기하 감독의 지적이 확실히 이해가 갔다.

지난 신인 고등학교전에 선발 등판한 좌타자는 총 4명이었다.

1번 타자 성은창.

2번 타자 신기준.

4번 타자 송지상.

9번 타자 송정남.

박건호는 이 네 명의 타자를 한 차례씩 루상에 내보냈다. 13타석 동안 3피안타. 그리고 사사구 하나.

피안타율은 0.231, 피출루율 0.286이었다.

단순히 수치만 놓고 보자면 시원찮은 결과였다. 1번 타자 성은창과 4번 타자 송지상이 이번 아시아 청소년 야구 선수권 대회에 차출될 만큼 뛰어난 실력을 자랑하고 있다지만 좌투수가 좌타자에게 강하다는 속설만 놓고 보자면 아쉬울 수밖에 없었다.

반면 우타자를 상대로는 성적이 훨씬 좋았다.

피안타는 단 1개가 전부였다. 사사구도 없었고 삼진만 7개를 잡아냈다.

피안타율은 0.050, 피출루율도 0.050

수치만 놓고 봤을 때 좌타자와 우타자의 피안타율이 5배 가까이 차이가 났다.

스티브 코치는 이 같은 차이를 데이터 속에서 찾으려 했다. 그러나 조기하 감독은 단순한 투구 패턴이 좌타자 승부를 어렵게 만든 것이라고 꼬집었다.

데이터는 물론이고 박건호의 상태까지 확인한 하리모토 코치도 조기하 감독의 생각에 동의할 수밖에 없었다.

박건호는 좌완을 상대로 단 3개의 체인지업밖에 던지지 않았다. 그중 하나는 삼진을 잡았고 다른 하나는 기습 번트로 이어졌으며 마지막 하나는 땅볼 타구가 됐다.

커브는 단 하나도 던지지 않았다. 그리고 나머지 공은 전부 포심 패스트볼, 아니면 슬라이더만 던졌다.

이쯤 되면 2라운드 때 만나게 될 경암 고등학교 좌타자들은 두 가지 구종만 머릿속에 담고 들어올 것이다.

포심 패스트볼과 슬라이더.

두 구종의 구속 차이가 15㎞/h 전후인 만큼 타자들은 포심 패스트볼에 타이밍을 맞춘 뒤 슬라이더에 대응하려 들 것이다.

여기서 박건호가 신인 고등학교와의 경기 때처럼 슬라이더를 전부 스트라이크로만 던져 댄다면 경암 고등학교의 좌타선에 호되게 당할 가능성이 높았다.

그렇다고 체인지업과 커브의 비중을 높이는 건 쉽지 않았다. 커브는 완성도가 떨어졌고 좌타자의 바깥쪽으로 흘러 나가는 체인지업은 조금만 삐끗해도 장타로 이어질 수 있었다.

이 상황에서 박건호가 할 수 있는 건 슬라이더를 더욱 다양하게 던지는 것뿐이었다.

"동일 고등학교와 붙었을 때처럼 슬라이더를 적극적으로 활용해야 해. 특히나 몸 쪽으로 붙여 넣을 땐 타자를 맞혀도 상관없다는 각오로 던지라고. 계속 스트라이크만 던지면 타자들도 예측하고 방망이를 휘돌릴 거다. 내 말, 이해했니?"

하리모토 코치가 박건호와 안상원을 불러놓고 원 포인트 레슨에 들어갔다.

특별히 어려운 주문은 아니었지만 슬라이더로 스트라이크 잡기에도 벅찼던 박건호에게는 결코 만만치 않은 미션처럼 느껴졌다.

그러자 타석에 선 안승혁이 도발하듯 소리쳤다.

"야, 박건호!"

"……?"

"나 맞혀도 되니까 몸 쪽으로 더 붙여봐. 쫄지 말고."

"……!"

"그리고, 인마. 네 공 맞아도 하나도 안 아파."

"저 자식이!"

박건호가 발끈하며 공을 던졌다. 그런데 그 공이 정확하게 안승혁의 엉덩이 쪽으로 날아들었다.

"으악!"

깜짝 놀란 안승혁이 비명을 내지르며 엉덩방아를 찧었다. 설마하니 박건호가 정말로 자신을 맞히려 들 줄은 몰랐다는 반응이었다.

하지만 마지막 순간에 절묘하게 꺾여 들어온 공은 안상원의 미트에 거의 근접하게 날아들었다.

"뭐, 뭐야? 이거 들어온 거야?"

안승혁이 어처구니없다는 표정을 지었다. 분명 박건호의 손에서 빠져나올 때만 해도 빈볼이었던 공이 마지막 순간에 홈 플레이트 근처로 휘어져 들어온다는 게 믿기지 않았다.

당황한 건 박건호도 마찬가지였다. 분명 맞힐 각오로 던진 공이었는데 그 공이 안승혁의 허리춤을 지나 안상원의 미트에 파묻힐 줄은 전혀 예상하지 못했다.

'그러니까 아까 그 공이…….'

씩씩거리는 안승혁을 뒤로한 채 박건호는 머릿속으로 공의 움직임을 되짚어 보았다. 그러고는 뭔가 알겠다며 입가를 비틀어 올렸다.

그러자 안승혁이 움찔 놀라며 본래 자리에서 반 발자국 정도 물러섰다. 박건호의 표정을 보니 조금 전 공을 가지고 자신을 단단히 약 올릴 것만 같았다.

아니나 다를까.

후앗!

박건호의 손끝을 빠져나간 공이 곧장 안승혁의 얼굴 쪽으로 날아들었다.

"크악!"

안승혁이 비명을 내지르며 그 자리에 주저앉았다. 하지만 공은 홈 플레이트 앞쪽에서 급격히 휘어지더니 반쯤 자리에서 일어난 안상원의 미트 속에 파묻혔다.

"좋아, 좋아!"

공의 움직임을 체크한 안상원이 만족스러운 얼굴로 고개를 끄덕였다. 중심 타선에 한 명쯤은 꼭 끼어 있는 힘 있는 좌타자라면 박건호의 크로스 스텝에 오픈 스탠스로 대처할 가능성이 높은데 이 정도 슬라이더라면 그런 좌타자도 움찔 놀라게 만들 수 있을 것 같았다.

"상원, 몇 개 더 시켜봐."

"넵."

하리모토 코치도 흥미로운 눈으로 박건호의 투구를 지켜봤다.

덕분에 안승혁만 고생했다. 사구를 피해 멀찍이 떨어져서 무브먼트가 좋은 슬라이더에 대응하다 보니 제대로 된 타구조차 만들어내지 못했다.

"됐어, 여기까지."

"코, 코치님!"

"승혁, 아쉬운 건 알겠지만 에이스를 배려할 줄 알아야 해. 건호는 피칭 머신이 아니라고."

박건호의 투구 수가 30에 다다르자 하리모토 코치가 칼같이 라이브 피칭을 끝냈다.

2라운드까지 남은 시간은 일주일에 불과했다. 안승혁의 승부욕을 모르는 건 아니지만 투수 코치로서 에이스의 컨디션을 신경 쓰지 않을 수 없었다.

"그래, 인마. 나도 좀 쉬자. 나도 캐칭 머신이 아니라고."

안상원이 기다렸다는 듯이 마스크를 벗었다. 그러자 안승혁이 어울리지 않게 안상원의 팔을 붙들고 매달렸다.

"10개만. 아니, 5개만. 응? 응?"

"야, 그럴 힘 있음 강인 고등학교전에 써라."

"그럼 3개만~ 응? 나 이대로 가면 잠 못 잔단 말이다."

"그건 네 사정이고, 인마. 건호도 기분 좋게 끝내야 다음 경기 때 더 잘 던지지. 안 그래?"

"쳇, 너 요즘 건호만 편애하더라?"

"그럴 리가. 난 언제나 우리 승혁이 편이라고."

"됐어, 인마. 니들이랑 안 놀아."

입이 댓 발 나온 안승혁은 2학년 포수 김일동과 1학년 좌완 투수 조일창을 호출했다. 그러고는 분풀이를 하듯 담장 밖으로 타구를 쏘아 올렸다.

그렇게 흐트러진 타격 밸런스를 회복한 안승혁은 강인 고등학교와의 1차전에서 홈런 하나 포함 4안타를 때려내며 경기 MVP로 꼽혔다.

그러자 박건호도 질 수 없다며 경암 고등학교를 상대로 7이닝 3피안타 1실점 완투승을 거뒀다.

경암 고등학교는 박건호에 대해 철저히 분석한 듯 보란 듯이 좌타자를 6명이나 선발 출전시켰다.

하지만 스트라이크와 볼의 경계에서 춤을 추는 박건호의 슬라이더에 그 좌타자들이 역으로 휘말리며 이렇다 할 기회조차 잡지 못하고 스스로 자멸하고 말았다.

분위기를 탄 세명 고등학교는 3라운드에서 안상 고등학교를 완파했다.

양 팀 모두 에이스 카드를 소진한 상태라 난타전이 예상됐지만 하리모토 코치의 집중 조련을 받은 이신영이 6이닝을 1 실점으로 버티면서 MVP급 활약을 펼쳤다.

하지만 정작 MVP는 1 대 0에서 달아나는 3점포를 때려낸 한승렬에게 돌아갔다.

"크흐흐! 봤느냐! 이 몸의 활약상을!"

한승렬은 돌아오는 내내 큰 목소리로 자신의 MVP 수상을 자축했다.

비록 경기 MVP이긴 했지만 매번 박건호 아니면 안승혁이 번갈아 차지하던 목록에 제 이름 석 자를 박아 넣었으니 입이 찢어지는 것도 무리는 아니었다.

반면 이신영은 잘 던지고도 좌절감에 빠져 있었다.

"내가 저딴 로또 따위에게 밀리다니."

"괜찮아, 인마. 다음 경기에서 잘 던지면 되잖아?"

"다음 경기? 언제? 나한테는 이번이 마지막 전국 대회일지 모른다고."

안상원이 달래봤지만 이신영의 기분은 조금도 나아지지 않았다. 4라운드 상대는 경복 고등학교 아니면 광일 고등학교였다. 어느 팀이 올라오더라도 세명 고등학교가 이긴다는 보장은 없었다.

그러자 뒷자리에 앉아 있던 고상민이 대번에 이맛살을 찌푸렸다.

"이신영, 뚫린 입이라고 막말하지 마라. 마지막 전국 대회? 진짜 협회장기 4라운드에서 끝나면 네가 책임질 거야? 어?"

고상민의 한마디에 버스 분위기가 싸늘하게 변했다. 지지리 궁상을 떨던 이신영은 물론이고 영웅담을 떠들어 대던 한승렬마저 입을 다물 정도였다.

"넌 또 왜 그래?"

박건호가 슬쩍 눈치를 줬다. 하지만 고상민은 좀처럼 흥분을 가라앉히지 못했다.

고상민을 비롯해 3학년은 이번 협회장기가 참가할 수 있는 사실상 마지막 대회였다. 협회장기에서 뭔가 인상적인 활약을 펼치지 못할 경우 프로 구단의 지명을 받겠다는 꿈은 요원해질 수밖에 없었다.

그런데 3학년이나 되는 놈이 벌써부터 마지막 대회 운운하고 있으니 울컥 화가 치미는 것도 무리는 아니었다.

"야, 박건호."

"왜?"

"너 이번에 꼭 이겨라. 알았냐?"

고상민이 무서운 눈으로 박건호를 바라봤다. 만약 박건호가 농담으로라도 않는 소리를 한다면 단번에 멱살을 잡을 기세였다.

"넌 5라운드에서 안효신보다 잘할 생각이나 해라."

박건호가 피식 웃으며 말했다. 5라운드에 올라가면 맞붙을 가능성이 농후한 북인 고등학교의 간판선수는 에이스도 4번 타자도 아닌 1번 타자 겸 유격수인 안효신이었다.

공격은 물론이고 수비와 주루에 이르기까지 3박자를 두루 갖춰 팬들에게는 제2의 이종범이라는 별명으로 불리고 있었다.

연고 구단인 이글스에서도 일찌감치 안효신을 1라운드에 지명하겠다는 뜻을 밝힌 상태였다.

당초 1차 지명될 거란 예상도 많았지만 투수 자원이 부족한 이글스의 사정상 2차 지명에 풀리면서 이글스가 아닌 다른 구단에서 먼저 뽑아갈 거란 전망도 나도는 상황이었다.

안효신의 스타성에 비할 바는 아니지만 고상민도 작년 발목 부상을 당하기 전까지는 서울 지역에서 손에 꼽히던 수비 실력을 자랑했다.

게다가 주루 센스도 안효신 못지않았다. 도루를 자주 시도하진 않았지만 루상에서는 세명 고등학교 최고 준족인 박인찬 못지않게 까다로운 주자로 활약했다.

여기에 타격 능력만 보완된다면 고상민도 충분히 프로 구단의 선택을 받을 가능성이 높았다. 하지만 그 타격 능력이라는 게 하루아침에 좋아지는 건 아니었다.

매 대회마다 최소 3할은 때리는 안효신과 지난 대회는 물론이고 이번 대회에서도 3할에 못 미치는 고상민. 만약 둘 중 한 명을 데려가야 한다면 누굴 데려갈지는 뻔한 노릇이다.

그나마 유일하게 고상민이 주목받을 기회는 서로 간의 맞대결뿐이었다. 쉽지 않겠지만 그 맞대결에서 고상민이 안효신보다 나은 모습을 보여준다면 상대적으로 고상민에 대한 평가도 높아질 수밖에 없었다.

하지만 고상민은 미처 거기까지는 생각하지 못한 모양이었다.

"짜식, 역시 네가 에이스다."

고상민이 씩 웃었다. 안효신과의 맞대결을 준비하라는 박건호의 말이 꼭 4라운드는 걱정하지 말라는 말처럼 느껴진 것이다.

"역시 우리 건쇼. 믿음직스러워."

말실수를 했던 이신영도 냉큼 고개를 돌려 엄지를 들어 올렸다. 그러다 고상민의 살벌한 눈빛과 마주하고는 냉큼 좌석 너머로 몸을 숨겨 버렸다.

"그런데 누가 올라올까?"

고상민이 슬그머니 화제를 돌렸다.

"4라운드?"

"분위기는 경복 고등학교가 조금 더 낫다던데."

"모르지. 광일이나 경복이나 둘 다 선수 차출은 없었잖아."

"세계 청소년 야구 선수권 대회도 아니고 아시아 대회에 신경 쓸 여력이 어디 있겠냐. 안 그래?"

"하긴, 세계 청소년 야구 선수권 대회는 메이저 리그 관계자도 많이 오니까."

"끽해야 일본, 대만 정도고 일본도 전국 대회 탈락 팀 위주로 선수들 뽑는다는데 우리만 신경 쓰는 것도 웃긴 노릇이고."

박건호가 불만스럽게 중얼거렸다. 그러자 고상민이 풋 하고 웃음을 흘렸다.

"너 뒤끝 장난 아니다."

"뭔 소리야?"

"대표 선발 떨어졌다고 그러는 거잖아."

"아니거든?"

"아니긴 뭐가 아냐."

"처음부터 아시아 청소년 야구 선수권은 관심도 없었거든?"

"입에 침이나 바르고 말해라."

"쳇."

"그래도 솔직히 말해서 다행이다. 만약에 너하고 승혁이 없었으면…… 우리가 여기까지 올 수나 있었겠냐."

고상민이 푸념하듯 중얼거렸다. 빈말이 아니라 박건호와 안승혁은 세명 고등학교 전력의 50퍼센트 이상이었다.

스티브 코치가 이 둘이 빠진다고 감안하고 시뮬레이션 한 결과 1라운드 승률이 60퍼센트, 2라운드 승률이 30퍼센트였다.

정말로 두 사람이 대표팀에 차출됐다면 지금쯤 야구부실 구석에서 미래에 대한 고민을 하고 있었을지 몰랐다.

"짜식, 병 주고 약 주냐?"

박건호는 괜히 코끝이 찡해졌다. 고상민과는 꽤나 친하게 지냈다고 자부했는데 바로 옆에서 이런 말을 듣는 건 처음이었다.

그때였다.

"자, 자 주목! 4라운드 상대 팀 정해졌다!"

앞자리에 앉아 있던 장기석 코치가 몸을 일으키며 말했다.

순간 모두의 시선이 장기석 코치에게 향했다. 그러자 장기석 코치가 목을 한 번 풀더니 진지한 목소리로 말을 이었다.

"광일 고등학교가 경복 고등학교를 4 대 3으로 이겼단다."

누가 올라와도 이상할 것 같지 않은 싸움의 승자는 광일 고등학교였다.

"그럼 우리 상대는 이승훈이네."

고상민이 나직이 한마디 했다.

이승훈. 타이거즈에 1차 지명을 받은, 강승현, 안시원과 함께 고교 투수 빅3로 꼽히는 광일 고등학교의 우완 에이스.

녀석이 박건호의 맞상대로 결정됐다.

그러나 장기석 코치의 말은 아직 끝나지 않았다.

"아, 그리고 너희들 긴장할까 봐 말 안 하려고 했는데 다음 경기부터 생중계된다. 그리고 확실치는 않지만 들리는 소문에는 이번에도 메이저 리그 스카우터들이 구경 올 것 같다."

장기석 코치의 시선이 안승혁을 지나 박건호에게 향했다. 소문일 뿐이라 단언하긴 어려웠지만 메이저 리그 스카우터들의 방문 목적 속에 박건호와 안승혁이 포함되어 있을 것 같다는 생각이 들었다.

"올~ 설마 건쇼, 너 보러 오는 건가?"

고상민이 놀리듯 박건호의 옆구리를 쿡 하고 찔렀다. 하지만 박건호는 피식 웃고 말았다.

'누굴 보러 오든 상관없어. 나는 내 공만 던지면 돼.'

속으로 의지를 다지며 박건호가 눈을 감았다. 상대가 결정됐으니 이제는 한숨 자도 괜찮을 것 같았다.

10장
주목

1

"야, 저기 봐봐."

"뭔데?"

"저쪽, 메이저 리그 스카우터들 아니냐?"

"메이저 리그?"

순간 이승훈의 눈빛이 달라졌다. 송태석이 가리킨 쪽으로 정말로 메이저 리그 스카우터로 보이는 이가 20여 명 가까이 와 있었기 때문이다.

"뭐야, 너. 메이저로 가는 거야?"

"1차 지명 받았는데 뭔 소리야."

"야, 솔직히 나한테만 말해봐. 정말 아니야?"

"아니라니까."

"그런데 쟤들은 뭐야? 너 보러 온 거잖아."

"뭐…… 미련이 남나 보지. 아니면 너나 민하 보러 온 것일 수도 있고."

"크흐, 나도 그랬으면 좋겠다만 나는 아닌 거 같고. 너 아니면 민하일 거라 예상은 하는데…… 왠지 너 같단 말이지."

송태석이 팔꿈치로 이승훈의 옆구리를 툭툭 건드렸다. 이승훈도 싫지는 않은 듯 애써 웃음을 삼켰다.

경기 전 이런저런 농담으로 선수들을 기분 좋게 해주는 송태석이지만 메이저 리그에 관해서는 함부로 떠들 수가 없었다.

광일 고등학교에서 메이저 리그에 갈 수 있는 선수는 솔직히 이승훈 한 명뿐이었다.

3번 타자 김민기와 4번 타자 박민하가 고교 야구 타자 중에서는 만만찮은 장타력을 뽐내고 있긴 하지만 메이저 리그 스카우터들이 일부러 찾아올 정도는 아니었다.

"손 한번 흔들어줘라."

"됐어, 인마."

"한번 흔들어줘라. 너 보러 왔는데."

"거참."

송태석의 재촉이 이승훈이 어깨를 푸는 척 메이저 리그 스카우터들 쪽을 향해 오른팔을 들어 올렸다.

하지만 그 인사에 반응한 스카우터는 몇 명 되지 않았다. 그마저도 가볍게 웃어넘겨 버렸다.

"뭐야? 정말 민하라도 보러 온 거야?"

생각했던 것보다 뜨뜻미지근한 반응에 이승훈의 표정이 굳어졌다. 송태석도 괜히 머쓱한 표정이 되어버렸다.

그때였다. 1루 측 더그아웃 쪽이 소란스러워지더니 제법 세련된 유니폼을 입은 세명 고등학교 선수들이 하나둘 그라운드로 걸어 나오기 시작했다.

"허, 저 자식 엄청 큰데?"

송태석이 터벅터벅 걸어 나오는 누군가를 보며 혀를 내둘렀다.

"쟤 누구야?"

"세명에 덩치 큰 4번 타자가 있다더니 걔 아냐?"

송태석은 자신의 시선을 강탈한 덩치가 안승혁일 거라고 확신했다. 하지만 정작 안승혁은 가장 늦게 그라운드에 올라왔다.

"뭐야, 덩치 큰 놈이 하나 더 있잖아?"

이승훈이 미간을 찌푸렸다.

"뭐지? 타자가 둘이었나?"

잠시 뒷머리를 긁적거리던 송태석이 만만하게 보이는 세명고등학교 선수 하나를 붙잡고 말을 걸었다.

"야, 너 몇 학년이야?"

"2학년인데요."

"그럼 뭐 하나만 물어보자. 쟤도 타자야?"

"누구요?"

"쟤, 등번호 11번."

"아, 승혁 선배."

"승혁? 쟤가 너희 팀 4번 타자야?"

"네."

"그럼 저 녀석은 뭐야?"

"건호 선배인데요."

"건호?"

"네, 박건호요."

박건호라는 말에 송태석이 냉큼 전광판을 바라봤다. 때마침 전광판에 스타팅 라인업이 채워진 상태였다.

"아, 쟤 투수네."

송태석이 의외라는 표정을 지었다. 대게 투수라면 이승훈처럼 호리호리한 체격이 대부분인데 박건호는 당장 타자로 전향해도 괜찮을 만큼 덩치가 컸다. 솔직히 저런 덩치로 제대로 제구나 할 수 있을지 의심스러울 정도였다.

반면 이승훈의 반응은 달랐다.

'저 자식이 강승현을 밟아줬다는 놈이라고?'

처음 신인 고등학교 에이스 강승현이 박건호에게 깨졌다는 이야기를 들었을 때 이승훈은 그저 운이 나빴던 거라고 생각했다.

자신도 봉황기 때 단 한 번도 상대해 본 적이 없는 하위권 학교에게 방심하다 발목을 잡힌 적이 있었다. 강승현도 그 비슷하게 경기가 안 풀린 것뿐이라고 여겼다.

하지만 막상 박건호를 보니…… 생각이 달라졌다. 엄청난 덩치는 둘째 치고 광주, 전남 지역 최강 팀으로 분류되는 광일 고등학교를 상대하러 나온 게 맞나 싶을 정도로 박건호의 표정은 여유로워 보였다.

'혹시……?'

뭔가를 눈치챈 이승훈이 다시금 메이저 리그 스카우터들 쪽으로 눈을 돌렸다.

아니나 다를까. 메이저 리그 스카우터들의 시선이 전부 박건호 쪽으로 향해 있었다.

'그러니까…… 저 자식을 보러 왔다 이거지?'

이승훈은 그저 어이가 없었다. 히어로즈의 1차 지명 제안도 마다하고 메이저 리그를 가겠다던 강승현을 좋게 보진 않지만 이런 식의 새치기는 곤란했다.

강승현은 물론이고 고교 투수 빅3라 불리는 자신과 안시원, 그리고 그 뒤를 바짝 쫓고 있는 고우신까지 다들 중학교 시절부터 차근차근 명성을 쌓아 여기까지 온 것이다.

박건호가 소위 말하는 탈고교급 투수들의 영역에 들어오려면 적어도 전국 대회 4강 이상의 커리어를 두 개쯤은 달성해야 했다.

하지만 지난 대통령배에서 세명 고등학교는 신인 고등학교를 무너뜨리고도 3라운드에서 탈락해 버렸다. 이런 3류 고교 투수 따위가 자신들의 위상을 넘보는 꼴을 이승훈은 그냥 두고 볼 생각이 없었다.

'메이저 리그 스카우터들이 보러 왔다고 신이 난 모양인데 조금만 기다려 봐. 오늘 선발 등판한 걸 후회하게 만들어줄 테니까.'

이승훈의 눈매가 굳어졌다. 어차피 1차 지명이 된 터라 이번 세명 고등학교전은 무리하지 않으려 했는데 생각을 바꿔야 할 것 같았다.

"인중아, 오랜만에 몸 한 번 제대로 풀자."

이승훈이 포수 강인중에게 말했다.

"제대로? 아아, 메이저 리그 스카우터들 때문에?"

메이저 리그 스카우터 쪽을 힐끔 바라본 강인중이 씩 웃어 보였다.

이승훈은 굳이 부인하지 않았다. 지금이야 호기심 때문에 박건호를 향하고 있지만 경기가 시작되면 메이저 리그 스카우터들의 시선은 자신을 향하게 될 것이다. 그렇게 만들 것이다.

보다 안정적인 길을 가기 위해 1차 지명을 받아들이긴 했지만 그렇다고 메이저 리그행을 포기한 게 아니라는 걸 메이저 리그 스카우터들에게 똑똑히 보여줄 생각이었다.

"좋아, 그럼 초반에는 빠른 승부로 가자."

강인중도 미트를 두드리며 이승훈의 결정을 반겼다. 그렇지 않아도 1차 지명을 받은 이후 이승훈이 좀처럼 전력을 다하지 않아서 몸이 근질거리던 차였다.

하지만 오랫동안 호흡을 맞춰온 배터리답게 이승훈과 강인중은 티를 내지 않았다.

여느 때처럼 느긋하게 연습 투구를 주고받으며 세명 고등학교의 긴장감을 흐트러뜨렸다. 그러고는 막상 박인찬이 타석에 들어서자 초구부터 154㎞/h에 달하는 포심 패스트볼을 몸 쪽에 꽂아 넣었다.

"후우……."

순식간에 미트에 틀어박힌 공을 바라보며 박인찬이 길게 한숨을 흘렸다.

스티브 코치는 이승훈이 1차 지명 이후 몸을 사리는 만큼 경기 초반에 점수를 뽑아내야 한다고 말했다. 그런데 이승훈의 초구를 보니 계획대로 경기가 풀릴 것 같지 않았다.

'침착하자.'

박인찬은 애써 마음을 다잡았다. 이렇게 된 이상 선두 타자로서 최대한 많은 공을 지켜볼 필요가 있었다.

그러나 고교 투수 빅3 중에서 가장 공격적이라는 평가를 받고 있는 이승훈은 단 하나의 공도 허비하지 않고 박인찬을 몰아붙였다.

2구째 바깥쪽으로 흘러 나가는 서클체인지업을 스트라이크존에 대차게 집어넣더니 3구째 몸 쪽을 파고드는 날카로운 슬라이더를 던져 박인찬을 스탠딩 삼진으로 엮어냈다.

2번 타자 고상민은 2구째 날아든 바깥쪽으로 도망치는 슬라이더를 건드렸다가 2루수 앞 땅볼로 물러났다.

초구에 살짝 구속을 죽인 바깥쪽 포심 패스트볼을 본 탓에 2구를 미처 걸러내지 못했다.

3번 타자 한승렬은 초구 몸 쪽을 파고드는 포심 패스트볼을 잡아당겨 중견수 플라이로 물러났다. 타이밍은 얼추 맞았지만 이를 악물고 던진 이승훈의 구위를 이겨내지 못했다.

그렇게 세 타자를 공 6개로 가볍게 처리한 뒤 이승훈이 천천히 마운드를 걸어 내려왔다.

−이승훈 선수, 경기 초반부터 위력적인 피칭을 선보이고 있습니다.

 −타이거즈에 1차 지명된 선수죠? 부드러운 투구 폼과 공격적인 피칭이 타이거즈의 우완 에이스, 윤석민 선수를 보는 것 같습니다.

 −아, 그러고 보니 윤석민 선수도 빠른 공과 고속 슬라이더를 앞세워 2011년 투수 4관왕과 MVP를 달성했는데요. 어쩌면 타이거즈가 제2의 윤석민이라 여기고 이승훈 선수를 지명한 게 아닐까 싶습니다.

 −현 고교 야구 우완 투수 중에서는 최고로 꼽히는 선수니까요. 2라운드에 나갈 경우 다른 구단에 빼앗길지 모른다고 생각했을 겁니다.

 −그런 점에서 세명 고등학교의 에이스, 박건호 선수가 느낄 부담감이 상당할 것 같은데요.

 −아직 경기 초반이긴 합니다만 이승훈 선수의 1회 초 투구만 놓고 봤을 때 점수를 뽑아내기가 쉽지 않을 것 같습니다.

 −관건은 박건호 선수가 광일 고등학교 타선을 얼마나 효율적으로 막아주느냐는 것이겠죠?

 −강타자는 많지 않지만 앞선 경복 고등학교와의 경기에서 봤듯이 끈질긴 팀입니다. 박건호 선수가 조금이라도 빈틈을 보인다면 집요하게 물고 늘어질 가능성이 높습니다.

중계를 맡은 이응철 해설 위원은 박건호의 1회가 어느 때보다 중요하다고 덧붙였다. 박건호가 이승훈과의 기싸움에서 초반에 밀릴 경우 경기 분위기 자체가 광일 고등학교 쪽으로 넘어갈지 몰랐다.

메이저 리그 스카우터들도 짐짓 걱정 어린 눈으로 박건호의 투구를 지켜봤다. 예상과는 달리 이승훈이 초반부터 불타오르면서 아직 마음의 준비가 되어 있지 않을 박건호를 곧장 링 위로 끌어올린 상태였다.

이승훈과는 달리 박건호는 아직 이런 수준급 투수와의 맞대결 경험이 많지 않은 상태였다.

신인 고등학교전에서 고교 최강이라 불리는 강승현을 잡아내긴 했지만 그건 다분히 운이 따랐다는 게 고교 야구계의 중론이었다.

신인 고등학교의 준비 부족과 세명 고등학교에 대한 낯섦이 경기 결과에 큰 영향을 미쳤다고 본 것이다.

하지만 오늘은 달랐다. 이승훈이 초반부터 에이스다운 피칭을 펼쳤다는 건 세명 고등학교를 만만하게 보지 않겠다는 의미나 다름없었다.

"이승훈이 불을 지폈으니까 박건호도 따라가겠지?"

"저 나이 또래 투수들은 대게 승부욕이 상당하니까."

"난 박건호가 기가 꺾였을지도 모른다고 봐. 이승훈은 고교 레벨에서는 확실히 톱클래스니까."

"젠장. 그럼 오늘 온 의미가 사라져 버린다고."

메이저 리그 스카우터들은 박건호가 둘 중 하나의 반응을 보일 거라 여겼다.

이승훈의 도발에 휘말려 초반부터 오버 페이스를 하든가, 아니면 이승훈에게 기가 눌려 제 공을 던지지 못하든가.

실제 마이너 리그를 씹어먹고 올라온 투수와 메이저 리그의 에이스 투수를 맞붙이면 열에 아홉은 스스로 무너지고 만다. 그만큼 투수는 경험이 중요했다. 그런 점에서 이번 싸움은 이승훈에게 절대적으로 유리해 보였다.

그런데 정작 박건호가 1번 타자 박일호에게 내던진 초구는 메이저 리그 스카우터들의 예상을 완전히 빗나가 버렸다.

커브.

박건호가 가장 자신 없어 하는 구종이 무턱대고 한복판으로 들어간 것이다.

"뭐, 뭐야?"

빠른 공을 기대했던 박일호가 어처구니없다는 표정을 지었다. 설마하니 초구에 이런 말도 안 되는 변화구를 던질 줄은 예상하지 못한 모양이었다.

당혹스러운 건 광일 고등학교 벤치도 마찬가지였다. 떠오르는 신예 박건호에 대해 제법 철저히 준비한다고 했는데 이런 식의 볼 배합이라니. 제대로 허를 찔린 기분이었다.

"저 녀석 배짱 하나는 승훈이 못지않네."

광일 고등학교 박기명 감독이 헛웃음을 흘렸다. 이승훈을 의식한 나머지 너무 일찍 무너지면 어쩌나 싶었는데 그야말로 쓸데없는 걱정을 했던 모양이었다.

그러자 김인명 투수 코치가 냉큼 말을 받았다.

"저는 박건호보다는 포수를 칭찬해 주고 싶습니다."

"음?"

"보나마나 일호가 워낙에 발도 빠르고 타격 센스가 좋으니까 작전이 나왔나 싶어서 공을 하나 뺀 게 아니겠습니까?"

"흠……."

박기명 감독이 고개를 주억거렸다. 듣고 보니 김인명 코치의 판단도 틀린 이야기는 아닌 것 같았다.

그러나 박건호가 2구째도 한복판으로 커브를 던지자 김인명 코치도 이내 입을 다물 수밖에 없었다.

"저건…… 포수의 볼 배합이 아닌 거 같은데?"

박기명 감독의 눈매가 날카로워졌다. 김인명 코치의 말처럼 초구에 안상원이 공을 하나 빼길 원했고, 박건호가 실수로 커브를 한복판에 집어넣은 거라면 2구째는 전혀 다른 공이 들어와야 했다.

그런데 박건호는 2구째도 보란 듯이 커브를 던졌다. 그것도 한복판으로, 칠 테면 쳐 보라는 듯이 말이다.

덕분에 박일호는 또다시 타이밍을 놓치고 말았다. 커브 다음에는 빠른 공. 정석적인 볼 배합을 머릿속에 그려 넣은 터라 미처 방망이를 내밀지 못했다.

그사이 볼카운트는 순식간에 투 스트라이크가 되어버렸다.

"재미있네, 저 녀석."

"그러게 말이야. 대체 무슨 생각인 거지?"

"초구 커브야 그럴 수 있다 쳐도 2구째도 커브라니. 배짱이 대단하잖아?"

"같은 에이스로서 이승훈에게 지고 싶지 않다는 거겠지."

"그건 그렇고 이번에는 무슨 공이 들어올까? 포심 패스트볼? 아니면 역으로 체인지업?"

"포심 패스트볼이겠지. 설마 3구 연속 커브를 던질까."

불안했던 메이저 리그 스카우터들의 눈빛들이 흥분으로 달아올랐다. 그 순간.

후앗!

박건호가 투수판을 박차며 힘차게 공을 내던졌다.

'온다!'

박일호는 곧바로 타격 자세에 들어갔다. 초구와 2구에 연속해서 커브볼이 들어왔으니 이제는 포심 패스트볼을 던질 수밖에 없다고 여겼다.

하지만 박건호의 손끝을 빠져나온 공은 또다시 큰 각을 그리며 박일호의 머리 높이로 날아들었다.

'젠자아앙!'

박일호가 이를 악물고 공을 좇았다. 이번에도 스트라이크존을 통과해 들어오는 커브라면 어떻게든 걷어낼 생각이었다.

그러나 정작 공은 홈 플레이트에 도착하기도 전에 뚝 하고 떨어져 버렸다. 박일호가 다급히 팔을 쭉 뻗어봤지만 방망이는 애꿎게 허공을 가르고 말았다.

탓! 팍!

바운드되어 튀어 오른 공을 안상원이 침착하게 가슴 보호대로 막아 떨어뜨렸다. 그러고는 자세가 무너져 꼼짝을 하지 못한 박일호의 엉덩이에 미트를 가져다 댔다.

구심은 더 볼 것도 없다며 가볍게 주먹을 들어 올렸다. 그와 동시에 이응철 해설 위원의 입에서 감탄이 터져 나왔다.

―허……! 박건호 선수, 정말 대단한 배짱이네요. 커브볼만 3개를 던져서 까다로운 박일호 선수를 삼진으로 잡아냈습니다. 본래 커브를 자주 던지는 투수가 아닌데요. 그야말로 과감한 승부였습니다.

숨을 죽이며 승부를 지켜본 메이저 리그 스카우터들의 반응도 별반 다르지 않았다.

"와우! 봤어?"

"이거 제대로 한 방 먹은 기분인데?"

다들 박건호가 3구 연속으로 커브를 던질 거라고는 전혀 예상하지 못한 듯 혀를 내두르기 바빴다.

"이승훈에게 휘말리면 어떻게 하나 싶었는데 박건호는 오히려 한술 더 뜨잖아?"

양키즈 스카우터 조이가 잔뜩 신이 난 얼굴로 레드삭스 스카우터 필립을 바라봤다. 그러자 필립이 마지못해 동의하듯 굳은 얼굴로 고개를 주억거렸다.

"고집스러운 피칭이었지만 나쁘지 않았어. 자신이 가장 자신 없어 하는 공을 연속해서 3개나 던질 수 있는 배짱은 아무나 부릴 수 있는 게 아니니까."

필립은 박건호가 초구에 커브를 선택한 건 실수라고 여겼다. 포심 패스트볼이나 슬라이더를 노리는 좌타자를 상대로 체인지업을 던지기는 부담스러우니 마지못해 커브를 집어넣은 거라고 생각했다.

박건호가 2구째 커브를 던질 때는 걱정마저 들었다. 박건호가 단순히 가위바위보 싸움에서 이기기 위해 커브를 선택한 게 아니라 이승훈에 대한 부담 때문에 포심 패스트볼을 던지지 못하는 것이라면?

커브 선택이 오히려 독으로 작용할 가능성이 높다고 판단했다.

그런데 박건호는 3구째도 커브를 던졌다. 메이저 리그 기준에는 한참을 못 미치는, 밋밋한 커브볼을 말이다.

만약 박일호가 평정심을 유지했다면 3구째 커브볼은 얼마든지 걸러냈을 것이다. 하지만 박일호는 조급했고 커브볼은 예상보다 훨씬 일찍 떨어졌다.

그 결과가 헛스윙 삼진 아웃.

결과만 놓고 보자면 박건호의 승부가 통한 셈이었다.

하지만 필립은 조이처럼 웃지 않았다. 결과가 좋긴 했지만 박건호가 스스로 원해서 연속 3개의 커브를 던진 것인지 확신할 수가 없었기 때문이다.

"조이, 넌 이번 삼진이 우연이라는 생각 안 들어?"

"우연이면 어떻고 아니면 어때? 결과만 좋으면 되는 거 아냐?"

"한국의 고교 레벨 수준에서 생각하면 그럴 수 있지. 하지만 우린 한국의 고교 야구를 구경 온 게 아니잖아?"

"흠……. 굳이 그렇게까지 말한다면 반반이랄까."

"우연일 확률이 절반이다?"

"솔직히 박건호가 커브를 잘 던지는 투수는 아니니까."

지난 경암 고등학교전에서 박건호는 40개가 넘는 슬라이더를 던졌다. 포심 패스트볼과 슬라이더의 비율이 거의 1 대 1에 달했다. 신인 고등학교전과 비교했을 때 슬라이더의 비중이 20퍼센트 가까이 늘어난 것이다.

그 점에 대해 필립은 세명 고등학교 벤치에서 구종 선택에 대한 조언이 있었을 것이라고 여겼다.

신인 고등학교전을 분석한 경암 고등학교 타자들이 포심 패스트볼을 노리고 들어올 테니 슬라이더를 적극 활용하라는 지시를 내렸을 가능성이 높다고 판단했다.

그래서 필립은 박건호가 1번 타자 박일호를 상대로 3구 연속 커브를 던진 것도 어쩌면 세명 고등학교 벤치의 작전 지시일지 모른다고 생각했다.

물론 위험 부담이 높은 지시를 받고서도 묵묵히 수행한 박건호의 피칭은 높이 평가할 만했지만 고작 그 정도로 박건호를 과대평가하는 건 금물이라며 속으로 선을 그었다.

하지만 다저스 스카우터 그린의 생각은 달랐다.

'멍청이들, 저건 벤치의 지시 따위가 아니야. 특히나 3구째 커브는 박건호가 일부러 던진 거라고.'

박건호가 공을 던지기 위해 투수판을 밟을 때마다 그린은 망원경을 이용해 안상원의 사인을 살폈다.

투 스트라이크 이후에 안상원이 낸 사인은 초구, 2구째와는 달랐다. 느낌상 포심 패스트볼이었다. 느린 커브볼 다음에 들어오는 박건호의 빠른 포심 패스트볼이라면 박일호를 충분히 잡아낼 거라고 판단한 것 같았다.

그러나 박건호는 사인을 확인하기가 무섭게 가볍게 발을 풀었다. 그리고 로진백을 한 번 주무른 다음에 재차 사인을 요구했다.

잠시 고심하던 안상원은 초구, 2구째와 같이 손가락을 네 개 펼쳤다.

커브볼.

박건호는 군말 없이 고개를 끄덕였다. 그다음에 보란 듯이 홈 플레이트 앞쪽에서 바운드되는 커브볼을 내던졌다.

초구와 2구째 커브볼은 세명 고등학교 벤치나 포수 안상원의 판단이었을지 몰랐다.

하지만 3구째 커브는 달랐다. 그건 온전히 박건호의 의지였다. 평소 자신 없어 하던 커브볼을 연속해서 던지면서도 보여주기 식이 아니라 삼진을 잡는 유인구로 사용한 것 또한 박건호의 판단이었다.

물론 그린도 박건호의 실력을 냉정하게 바라봐야 한다는 필립의 주장에는 십분 동의했다. 퍼포먼스에 현혹되지 않고 냉정한 잣대로 선수를 평가하는 것. 그것이 제대로 된 스카우터의 자세였다.

박건호라는, 생각지도 못한 원석을 발견했다면 그다음은 정밀 감정을 할 차례였다. 솔직히 원석으로써의 가치는 크게 중요한 게 아니었다. 이 원석을 잘 다듬었을 때 상품으로 가치가 있을지를 파악하는 게 훨씬 더 중요했다.

불순물이 어느 정도나 포함되어 있는지 흠은 없는지 다각도에서 면밀히 살펴보아야 했다. 그 과정을 대충 넘겼다간 쓸데없이 시간과 열정만 낭비하는 결과를 초래할 수 있었다.

그런 점에서 그린은 3구째 커브를 던져 박일호를 잡아낸 박건호에게 또다시 가산점을 주고 싶었다.

박건호는 자신이 가장 자신 없어 하는 커브볼로 당당히 삼진을 잡아내는 배짱을 보여주었다. 그리고 이런 배짱은 어지간한 투수는 흉내조차 낼 수 없는 것이었다.

아울러 그린은 오늘 경기에서 박건호에게 가산점을 주는건 자신 한 명뿐이길 바랐다.

하지만 박건호는 2번 타자 이승호와 3번 타자 김민기를 상대로 보란 듯이 155㎞/h의 포심 패스트볼을 내던지며 메이저리그 스카우터들을 열광하게 만들었다.

그것으로도 모자라 4회까지 피안타 없이 삼진만 5개를 잡아내며 광일 고등학교 타선을 잠재워 버렸다.

"크아, 바로 저거야! 저 하이 패스트볼! 저건 정말 마음에 든다니까?"

"제구와 무브먼트를 좀 더 가다듬어야겠지만 확실히 매력적인 공이야. 저 공을 제대로만 던질 수 있다면 메이저 리그 타자들도 꼼짝 못할 거라고."

"체인지업도 괜찮아 보이는데 왜 자주 던지지 않는 거지?"

"그러게. 스트레이트에 가깝긴 하지만 무브먼트는 괜찮아 보이는데 말이야."

"그런데 박건호의 세컨드 피치는 슬라이더 아냐?"

"박건호의 리포트에는 분명 체인지업이 세컨드 피치이긴 하지만…… 지난 경암 고등학교전부터 슬라이더를 더 자주 구사하는 것 같긴 해."

"지금의 박건호는 체인지업보다 슬라이더가 훨씬 좋다니까? 좌타자들이 박건호의 공에 맥을 못 추는 것 좀 봐."

"난 박건호의 슬라이더를 볼 때마다 랜디 존슨이 떠오른 다고."

"하하, 장난하는 거지? 아무리 박건호가 마음에 들어도 그렇지 랜디 존슨을 가져다 붙이는 건 실례라고. 뭐…… 우리 오리올스에서 10년쯤 성장한다면 또 모르겠지만 말이야."

박건호가 마운드에 올라오면 메이저 리그 스카우터들은 서로 약속이나 한 것처럼 박건호의 투구에 빠져들었다.

그러다 박건호가 마운드를 내려가면 다들 마운드에서 시선을 거두고 박건호에 대한 감상을 쏟아냈다. 다른 스카우터들과 박건호에 대한 평가를 공유하며 자신의 판단이 얼마나 확실한지를 가늠했다.

애석하게도 이승훈은 메이저 리그 스카우터들에게 철저하게 배제됐다.

먼저 불을 지핀 건 이승훈이지만 그에 대해 언급하는 이들은 극소수에 불과했다. 그마저도 박건호의 비교 대상으로 등장하는 정도였다.

그렇다고 이승훈의 피칭이 갑자기 형편없어진 건 결코 아니었다. 안타 2개와 사사구 1개를 내주긴 했지만 박건호와 똑같이 삼진 5개를 잡아내며 고교 투수 빅3다운 면모를 유감없이 과시했다.

공도 박건호 못지않게 좋았다. 이승훈의 포심 패스트볼 최고 구속은 154km/h까지 나왔다 슬라이더 최고 구속도 전광판에 139km/h를 찍었다.

이 정도면 올봄, 좌승현 우승훈 소리를 듣던 때의 구위와 비교해도 크게 손색이 없었다.

하지만 메이저 리그 스카우터들의 눈은 오로지 박건호만 좇아 다녔다.

이승훈뿐만 아니라 양 팀의 타자들도 메이저 리그 스카우터들의 관심을 받지 못했다. 장타 하나 터지지 않는 투수전 양상이라 특별히 시선을 줄 타자조차 없었다.

"젠장, 기분 엿 같네."

이승훈이 신경질적으로 로진백을 내던졌다. 메이저 리그 스카우터들이 보는 앞에서 나름 전력을 다했는데도 박건호를 상대로 승기를 잡지 못하고 있으니 자존심이 상했다.

이승훈은 그 짜증을 공에 담아 타자들을 윽박질렀다.

"스트라이크, 아웃!"

8번 타자 심인섭은 2회에 이어 이번 타석에서도 삼진으로 물러났다. 바깥쪽 스트라이크존에 걸쳐 들어오는 이승훈의 슬라이더를 멍하니 바라만 보다 더그아웃으로 몸을 돌려야 했다.

9번 타자 이찬호는 4구째 들어오는 체인지업을 건드려 좌익수 플라이로 물러났다.

1번 타자 박인찬은 또다시 기습 번트를 시도했으나 3루 땅볼로 아웃됐다. 방향은 좋았지만 타구의 속력을 줄이지 못하면서 1루에서 간발의 차이로 아웃됐다.

"후우……. 별것도 아닌 것들이."

마지막 아웃 카운트를 확인한 뒤 이승훈이 당당히 마운드를 내려갔다. 그리고 잠시 후, 박건호가 또다시 마운드 위에 올라왔다.

"저 녀석, 투구 수가 몇 개야?"

광일 고등학교 박기명 감독이 못마땅한 얼굴로 물었다.

"4회까지 42구입니다."

"42개? 고작 그것밖에 안 던진 거야?"

"그보다는 승훈이를 슬슬 교체해야 할 것 같습니다."

수석 코치 안기찬이 조심스럽게 말했다. 이승훈의 한계 투구 수는 대략 80구 전후. 5회까지 투구 수가 61구에 다다른 만큼 마운드에 올리는 건 6회까지가 한계일 것 같았다.

물론 이승훈도 100구까지 던질 수는 있었다. 하지만 프로에 1차 지명된 선수를 결승도 아닌 4라운드 경기에 혹사시켜서 좋을 건 하나도 없었다.

"그렇다면…… 이번 이닝에 어떻게든 점수를 만들어야겠어."

박기명 감독이 나직이 중얼거렸다. 그러고는 막 타석에 들어서려던 4번 타자 박민하를 불렀다.

"민하야."

"네, 감독님."

"저 녀석, 앞선 타석에서 널 삼진으로 잡았으니 자신만만해할 거다."

"알고 있습니다."

"그러니까 네가 보여줘라. 광일 고등학교 4번 타자가 결코 만만치 않다는 걸."

"네."

"김 코치가 2구나 3구에 슬라이더가 들어올 가능성이 높다고 하는구나. 나도 같은 생각이다. 앞선 타석 때 포심 패스트볼로 승부를 걸었으니 이번에는 슬라이더를 보여주려 할 거다. 그러니 그 공을 노려라."

"알겠습니다."

앞선 타석 때처럼 두어 번 방망이를 휘두른 뒤 박민하는 무표정한 얼굴로 타석에 들어섰다.

안상원이 박민하의 꿍꿍이를 알아채기 위해 열심히 힐끔거려봤지만 박민하는 눈 하나 까딱하지 않았다.

'뭐지? 분명 뭔가 있는 거 같은데……'

미심쩍은 얼굴로 광일 고등학교 더그아웃을 쓱 훑던 안상원이 초구에 커브볼 사인을 냈다. 앞선 타석에서 박민하를 상대로 포심 패스트볼만 3개를 던졌던 만큼 역으로 느린 공을 하나 보여주는 것도 나쁘지 않다고 여겼다.

"후우……."

박건호는 길게 숨을 내쉬었다. 그리고 안상원의 미트를 향해 있는 힘껏 공을 내던졌다.

후앗!

박건호의 손가락을 빠져나간 공이 큰 포물선을 그리며 바깥쪽 스트라이크존에 아슬아슬하게 걸쳐 들어갔다. 안상원이 요구한 코스보다 공 하나 정도가 빠졌지만 다행히도 구심은 스트라이크를 잡아주었다.

"좋아, 좋아."

안상원은 2구째 몸 쪽에 붙는 포심 패스트볼을 요구했다. 느린 커브로 박민하의 눈을 어지럽혔으니 이제는 빠른 공으로 윽박지를 때였다.

퍼엉!

박건호가 내던진 공이 그대로 박민하의 옆구리 쪽을 파고들었다. 박민하가 자신도 모르게 몸을 움찔했지만 공은 순식간에 홈 플레이트를 지나 안상원의 미트 속에 파묻혔다.

"스트라이크!"

구심의 콜 소리가 경기장을 쩌렁하게 울렸다. 그러자 이응철 해설 위원이 기다렸다는 듯 감탄을 내뱉었다.

-박건호 선수, 정말 좋은 공을 던졌습니다. 몸 쪽 가장 높은 스트라이크존을 관통하는 공이었는데요. 타자 입장에서는 거의 얼굴로 날아드는 공처럼 보였을 겁니다.

-그런데 보기에는 조금 위험한 코스가 아니었나 싶은데요.

-물론 힘 있는 타자들을 상대로 높은 공을 함부로 던지는 건 위험합니다. 하지만 이처럼 정확하게 제구된 공이라면 타자들도 쉽게 때려내지 못할 겁니다.

이웅철 해설 위원은 침까지 튀어가며 박건호를 칭찬했다. 힘 있는 4번 타자를 상대로 조금도 주눅 들지 않고 자신만의 공을 마음껏 던지고 있다며 좌완 강승현이라는 표현까지 서슴지 않았다.

'좌완 강승현이라니. 고작 한두 경기 잘 던진 풋내기를 어디다 가져다 대는 거야?'

강시원 캐스터는 대번에 이맛살을 찌푸렸다. 개인적으로 강승현의 열혈 팬인 걸 떠나서 대놓고 편파적인 이웅철 해설 위원의 태도에 짜증이 날 정도였다.

그렇다고 중립적으로 상황을 전달해야 할 캐스터로서 같이 흥분을 할 수도 없는 노릇이었다.

'콱 하나 얻어맞아 버려라!'

욱 하고 치밀어 오르는 감정을 되삼키며 강시원 캐스터가 속으로 저주를 퍼부었다. 그 순간.

후앗!

박건호의 손끝을 빠져나간 공이 또다시 박민하의 몸 쪽을 파고들었다.

'큭!'

시야 밖에서 머리 쪽으로 날아들어 오는 것 같은 공을 지켜보며 박민하는 질근 입술을 깨물었다. 그러고는 곧장 타격 자세에 들어갔다.

여기서 조금이라도 주춤거렸다간 박건호가 던지는 몸 쪽 공을 때려낼 수가 없었다. 설사 맞아도 좋다는 각오로 공을 최대한 몸 가까이 끌어들이지 않으면 제대로 된 타구를 만들어 내기 어려웠다.

'꺾여라! 제발 꺾여!'

테이크백 자세에서 방망이를 앞쪽으로 끌어내며 박민하가 눈을 부릅떴다.

일정한 릴리스 포인트에서 날아드는 박건호의 슬라이더는 포심 패스트볼과 구분하기가 쉽지 않았다. 게다가 두 구종 모두 사선으로 날아드니 무브먼트로 분간하는 것도 어려웠다.

그래서 박민하는 처음부터 슬라이더를 머릿속에 그리며 방망이를 휘둘렀다. 그러다 역으로 포심 패스트볼이 들어온다면 허무하게 허공을 가르게 되겠지만 조금도 신경 쓰지 않았다.

데이터 분석에 능한 박기명 감독과 김인명 투수 코치는 분명 3구 이내에 슬라이더가 들어올 것이라고 말했다.

박건호는 초구와 2구째 슬라이더를 던지지 않았다. 그렇다면 이번 3구가 슬라이더라고 믿고 방망이를 휘두르는 수밖에 없었다.

훙!

단숨에 허리를 빠져나온 방망이가 홈 플레이트 앞쪽까지

마중을 나왔다. 그러자 빠르게 날아들던 공이 갑자기 안쪽으로 꺾여 들어오기 시작했다.

'걸렸다!'

박민하가 입가를 찢으며 힘껏 방망이를 휘돌렸다.

따악!

요란한 소리와 함께 타구가 높게 솟아올랐다. 그리고 잠시 후.

―우측 담장! 우측 담장! 넘어갔습니다! 홈런! 광일 고등학교 4번 타자 박민하! 드디어 0의 균형을 무너뜨립니다!

강시원 캐스터의 목소리가 중계석 밖까지 쩌렁하게 울려 퍼졌다.

"민하야아아아!"

"크아아아!"

광일 고등학교 선수들이 두 팔을 들어 올리며 환호했다. 반면 세명 고등학교 선수들은 당혹감을 감추지 못했다.

"아아……."

"이건 좀 위험한데?"

박건호의 투구에 푹 빠져 있던 메이저 리그 스카우터들도 저마다 미간을 찌푸렸다.

0 대 0. 팽팽한 상황에서 상대 4번 타자에게 홈런을 허용했다. 그것도 실투를 얻어맞은 게 아니었다. 투 스트라이크를 잘 잡아놓고서 승부에 들어갔다가 역으로 노림수에 걸려들고 말았으니 박건호가 상당한 충격을 받았을 거라 예상했다.

　아니나 다를까. 박건호는 5번 타자 송태석에게 스트레이트 볼넷을 내주고 말았다.

　피홈런을 잊어보겠다며 포심 패스트볼만 연달아 4개를 던졌지만 모든 공이 높게 들어갔다.

　포심 패스트볼 하나만 노리고 타석에 선 송태석도 얼굴 높이로 들어오는 공에 현혹되지 않고 전부 걸러내며 기회를 이어 나갔다.

　"역시 흔들리고 있어."

　"충격이 크겠지. 지금까진 정말 잘 던졌잖아. 안 그래?"

　메이저 리그 스카우터들이 안타까움을 드러냈다. 4회까지 12명의 타자를 상대로 피안타와 사사구 없이 삼진 5개를 잡아내며 퍼펙트 피칭을 이어 나갔는데 5회 느닷없이 큰 것 한 방을 얻어맞았으니 밸런스가 무너지는 것도 무리는 아니라고 여겼다.

　그러면서도 메이저 리그 스카우터들은 박건호에게서 눈을 떼지 않았다. 오히려 더 매서워진 눈으로 박건호를 지켜보았다.

지금까지 박건호가 보여준 투구는 흠잡을 데 없이 완벽했다. 한국의 고교 야구인 걸 감안하더라도 10점 만점에 9점 이상을 주고 싶을 정도였다.

하지만 그 어떤 투수도 모든 경기에서 완벽한 투구를 펼칠 수는 없었다.

야구를 하다 보면 컨디션이 좋지 않을 때도 있고 운이 나쁠 때도 있었다. 동료들이 도와주지 않아서 억울하게 점수를 내주게 되는 상황도 심심찮게 벌어졌다.

좋은 투수라면 힘들고 어려운 상황일수록 평정심을 유지한 채 자신의 공을 던질 줄 알아야 했다. 위기가 닥칠 때마다 무너지는 건 투수가 아니다.

메이저 리그 스카우터들은 박건호가 이 위기를 최소 실점으로 넘겨주길 바랐다. 고작 홈런 하나 얻어맞았다고 볼을 남발하다 자멸하길 원치 않았다.

마운드에 올라온 조기하 감독도 박건호의 부담을 줄여주는 데 주력했다.

"이대로 질까 봐 두렵냐."

"아니요."

"그런데 왜 이렇게 굳어 있어? 우리도 한두 점 정도는 따라갈 저력이 있다. 그러니까 걱정하지 마라."

"네."

"그리고 너 혼자 다 짊어지겠다는 생각도 하지 마라. 홈런을 내줬으니 더 잘해야겠다는 욕심도 부리지 마."

"……네."

"마음 다잡고 네 공을 던져라. 홈런은 누구나 얻어맞을 수 있다. 실점도 누구나 할 수 있는 거야. 아무 일도 없었던 것처럼 깨끗이 잊어버리라는 말은 하지 않으마. 대신 너를 믿고 동료들을 믿고 후회 없이 던져라. 난 오늘 경기 이길 생각으로 왔다. 우리가 이대로 질 거라는 생각은 조금도 하지 않아."

조기하 감독이 마운드를 내려간 직후 박건호는 6번 타자 박승후에게 3유간 안타를 허용했다. 스트라이크를 잡기 위해 던진 포심 패스트볼을 박승후가 놓치지 않고 잡아당긴 것이다.

그사이 1루 주자 송태석이 2루까지 들어가면서 무사 주자 1, 2루 위기가 이어졌다.

하지만 조기하 감독은 괜찮다며 고개를 끄덕여 보였다. 공이 다소 몰리듯 들어간 게 아쉽긴 했지만 박건호가 어느 정도 흥분을 가라앉혔다고 판단을 내렸다.

"후우……."

박건호도 길게 숨을 내쉬며 마음을 다잡았다. 박민하에게 기습적으로 얻어맞은 홈런 때문에 자신도 모르게 흥분하긴 했지만 조기하 감독의 말처럼 오늘 경기를 이대로 끝낼 생각은 눈곱만큼도 없었다.

'감독님 말씀이 맞아. 욕심 부리지 말자. 일단 아웃 카운트 하나만 잡아내자.'

눈으로 주자들의 움직임을 확인한 뒤 박건호가 안상원 쪽으로 고개를 돌렸다.

잠시 뜸을 들이던 안상원은 몸 쪽으로 붙는 슬라이더를 요구했다. 혹시 작전이 나올까 싶어 광일 고등학교 벤치를 힐끔거려봤지만 별다른 움직임은 보이지 않았다. 그래서 초구부터 과감하게 몸 쪽 공을 요구한 것이다.

박건호는 고개를 끄덕이며 투구 준비 자세에 들어갔다. 그러자 7번 타자 강인중도 방망이를 단단히 움켜쥐었다.

홈런에 이어 사사구, 그리고 안타까지. 아직 아웃 카운트 하나 잡지 못한 채 박건호는 흔들리고 있었다. 그렇다면 굳이 욕심낼 필요가 없었다. 가운데로 들어오는 공을 기다렸다가 때려만 내도 최소 진루타 이상은 만들어낼 수 있었다.

후앗!

때마침 박건호의 손끝을 빠져나온 공이 거의 한복판으로 날아들었다.

흥!

강인중은 망설이지 않고 방망이를 휘둘렀다. 하지만.

따악!

마지막 순간에 강인중의 몸 쪽으로 꺾여 들어온 공은 방망이 손잡이 안쪽에 부딪쳐 3루 쪽으로 굴러가 버렸다.

"내가 잡아!"

3루수 한승렬이 재빨리 앞으로 뛰어나가 공을 받았다. 그리고 곧장 2루를 향해 던졌다.

펑!

묵직한 송구가 2루수 김일섭의 글러브에 틀어박혔다. 그 공을 김일섭이 다시 1루로 내던지며 순식간에 두 개의 아웃 카운트가 만들어졌다.

"승렬아! 잘했어!"

박건호가 글러브를 두드리며 한승렬을 독려했다. 평범한 땅볼이긴 했지만 한승렬이 조금이라도 머뭇거렸다면 1루 주자까지 잡아내지 못했을 터였다.

"봤냐, 이 몸의 현란한 수비를."

다른 사람도 아닌 박건호의 칭찬에 한승렬이 우쭐거리듯 턱을 들어 올렸다. 그 모습을 보며 고상민이 질렸다는 듯 고개를 내저었다.

아직 위기는 끝나지 않았다. 2사 이후지만 주자는 3루까지 나가 있었다.

그러나 박건호가 다시 중심을 잡아줘서일까. 세명 고등학교 수비수들의 표정은 한결 가볍게 변해 있었다.

반면 여유롭던 광일 고등학교 선수들의 얼굴에는 초조함이

번져 들었다.

"대타를 쓸까요?"

안기찬 수석 코치가 조심스럽게 입을 열었다. 타격감이 좋지 않은 오른손 타자 조무근보다는 좌타자를 대타로 내세우는 편이 조금 더 득점 확률을 높일 수 있다고 생각했다.

하지만 박기명 감독은 고개를 저었다.

"무근이를 빼면 수비는 어떻게 하려고?"

"세훈이도 유격수 포지션이 가능합니다."

"그건 말 그대로 가능만 한 거잖아? 이런 팽팽한 경기에서 수비가 얼마나 중요한지 몰라서 하는 소리야?"

박기명 감독은 조무근을 그대로 밀어붙였다. 설사 이대로 득점이 무산되더라도 수비 능력이 좋은 조무근을 경기에서 빼는 건 이르다고 판단했다.

따악!

타석에 들어선 조무근은 바깥쪽을 파고드는 박건호의 슬라이더를 건드려 평범한 땅볼로 물러났다.

초구 포심 패스트볼에 헛스윙을 한 상태라 반사적으로 방망이를 휘둘렀지만 방망이 끝에 걸린 타구는 힘없이 2루로 굴러가고 말았다.

"크아아!"

세 번째 아웃 카운트를 잡아낸 박건호가 마운드 위에서 보란 듯이 포효했다. 그러고는 고생한 수비수들과 일일이 글러브를 부딪치며 고마움을 전했다.

그 모습을 지켜보던 메이저 리그 스카우터들의 얼굴에도 다시 미소가 번지기 시작했다.

"잘 막았군. 저 정도면 합격점이야."

"점수가 너무 후한 거 아냐? 찬스가 하위 타선에서 걸렸다고."

"하긴, 광일 고등학교의 하위 타선은 그렇게 강하지 않으니까."

"만약에 광일 고등학교에서 대타를 냈다면 경기 결과는 달라졌을 수도 있어."

잘 던지다가 한 차례 삐긋한 모습을 지켜본 탓에 박건호에 대한 스카우터들의 평은 초반보다 조심스럽게 변했다. 하지만 대량 실점으로 이어질 뻔한 상황을 잘 막아냈다는 평가만큼은 이견이 없었다.

그 누구보다 깐깐한 눈으로 경기를 지켜보던 레드삭스의 스카우터 필립조차 이번에는 군말 없이 고개를 끄덕거렸다.

"공 3개로 아웃 카운트 3개라. 확실히 잘 던졌어."

"그렇지? 하위 타선이긴 해도 실점에 대한 부담감이 컸을 텐데 씩씩하게 잘 던졌다고."

양키즈 스카우터 조이도 씩 웃으며 말했다. 무사 1, 2루 위기 상황이라면 메이저 리그 에이스급 투수라 해도 긴장하고 위축되게 마련인데 박건호는 주눅 들지 않았다.

잠시 흔들린 걸 만회라도 하듯 포수의 리드를 믿고 제 공을 던져 타자들을 잡아냈다. 특히나 7번 타자 강인중을 더블플레이로 유도하는 몸 쪽 슬라이더는 탄성이 절로 나올 정도였다.

"우타자 몸 쪽으로 슬라이더를 저렇게 과감하게 찔러 넣을 수 있는 투수가 몇이나 될까?"

"이봐, 조이. 박건호가 마음에 드는 건 알겠지만 한국의 고교 야구라는 걸 잊지 말라고."

"나도 그 정도는 알고 있어. 하지만 막상 마이너 리그를 가 봐도 저 정도 배짱조차 없는 투수가 허다하다고. 내 공이 통하겠다 싶으면 과감하게 찔러 넣을 수 있어야 하는데 요새는 다들 안 맞겠다고 이리저리 도망 다닐 궁리만 하고 있으니 원."

"그건 너희 양키즈 팜이 형편없어서 그런 거고. 우리 레드삭스는 다르다고."

"듣던 중 반가운 소리네. 그럼 박건호는 양보하는 거지?"

"무슨 헛소리야? 유망주는 많으면 많을수록 좋은 거 몰라?"

"누가 레드삭스 아니랄까 봐 욕심은."

조이와 필립이 웃고 떠드는 사이 공수가 바뀌었다. 그리고 2번 타자 고상민이 타석에 들어왔다.

"저 녀석이군."

고상민을 확인한 이승훈이 히죽 웃었다.

첫 번째 타석은 2루 땅볼로 아웃.

두 번째 타석은 희생 번트로 아웃.

앞선 두 타석에서 너무나도 쉽게 상대한 타자다 보니 절로 마음이 놓였다.

'4번을 맘 편히 상대하려면 2, 3번은 확실히 잡아놓고 가는 게 좋겠지.'

포수 강인중도 미트를 두드리며 의지를 다졌다. 앞선 타석에서 병살타를 친 아쉬움을 이번 이닝을 통해 만회할 생각이었다.

'일단 바깥쪽으로 하나 찔러 넣자고.'

강인중이 초구에 바깥쪽 포심 패스트볼을 요구했다.

이승훈도 군말 없이 고개를 끄덕였다. 투구 수가 60구를 넘긴 상태였지만 포심 패스트볼에는 아직 힘이 있었다. 그 공을 제대로만 제구한다면 고상민도 꼼짝 못할 거라 여겼다.

그런데.

따악!

고상민이 기다렸다는 듯이 공을 밀어 때려냈다. 그 타구가 투수 옆을 지나 2루 베이스를 타고 센터 쪽으로 굴러갔다.

"젠장할!"

반사적으로 글러브를 뻗어봤던 이승훈이 아쉬움을 감추지 못했다. 조금만 더 집중했다면 잡을 수 있었을 텐데. 치지 못할 거라던 안이함이 안타로 이어지고 말았다.

"괜찮아! 이번에 잡자!"

강인중이 자리에서 일어나 이승훈과 수비수들을 독려했다.

주자가 1루에 나가긴 했지만 다행히도 3번 타자는 한승렬이었다.

첫 타석 때는 초구를 건드려 중견수 플라이로 물러났고 두 번째 타석 때는 이승훈의 공을 쫓아다니다 삼진을 먹은, 더블 플레이로 유도하기 딱 좋은 먹잇감이 타석에 들어온 것이다.

'일단 몸 쪽에 하나 찔러 넣고 바깥쪽으로 승부를 보자고.'

강인중이 초구에 몸 쪽 포심 패스트볼을 요구했다. 이승훈도 군말 없이 강인중의 미트를 향해 공을 내던졌다.

퍼엉!

이승훈의 손끝을 빠져나간 공이 순식간에 홈 플레이트를 지나 미트에 틀어박혔다. 한승렬이 뒤늦게 움찔거렸지만 방망이를 휘두를 타이밍을 잡아내지 못했다.

퍼엉!

한승렬이 정신을 차리지 못하는 사이 이승훈의 슬라이더가 바깥쪽 스트라이크존을 파고들었다.

구심의 판정은 스트라이크. 순식간에 스트라이크 램프에

두 개의 불이 들어왔다.

'이제 더블플레이를 만들어 보자고.'

바짝 약이 오른 한승렬을 바라보며 강인중이 바깥쪽으로 떨어지는 체인지업을 요구했다.

대신 미트는 홈 플레이트 근처까지 끌고 왔다. 한승렬이 땅볼 타구를 때리게 하는 게 목적이었다. 괜히 삼진을 잡아서 루상에 주자를 남겨놓은 상태로 4번 타자 안승혁을 상대하고 싶진 않았다.

안승혁 전에 루상을 청소하고 싶은 건 이승훈도 마찬가지였다.

'좋아.'

고개를 돌려 1루 주자 고상민을 견제한 뒤 이승훈이 있는 힘껏 공을 내던졌다.

후앗!

이승훈의 손끝을 빠져나간 공이 한승렬의 시야로 똑똑히 들어왔다. 그러자 한승렬도 이를 악물며 방망이를 내돌렸다.

따악!

방망이 끝에서 둔탁한 소리가 터져 나왔다. 이승훈의 체인지업은 잘 떨어졌고 한승렬은 방망이 밑동에 공을 맞혔다. 그리고 타구는 3루 쪽으로 굴러갔다.

여기까진 강인중과 이승훈의 시나리오대로였다. 그런데 한

가지 변수를 계산하지 못했다.

바로 안승혁 못지않던 한승렬의 무식한 힘.

그 힘이 3루수 김민기의 글러브 속에서 공을 미쳐 날뛰게 만들었다.

"젠장!"

한 번에 공을 잡지 못한 김민기는 결국 2루 대신 1루를 선택했다.

"아웃!"

타자 주자 한승렬이 전력을 다해 뛰었지만 공이 먼저 1루에 도착했다. 하지만 진루타를 때려낸 한승렬은 웃으며 더그아웃으로 들어왔다.

그렇게 1사 주자 2루 위기 상황이 이어졌다. 그리고 타석으로 4번 타자 안승혁이 들어왔다.

"야! 안승혁! 너도 하나 때려라. 알지?"

당당히 방망이를 치켜든 안승혁을 향해 박건호가 크게 소리쳤다. 그 소리를 듣기라도 한 것일까.

따악!

안승혁이 초구에 들어온 몸 쪽 슬라이더를 기다렸다는 듯이 받아 쳐올렸다.

'크다!'

순간 박건호가 반사적으로 자리에서 일어났다. 묵직한 타격음에 이어 순식간에 뻗어 나간 타구라면 최소한 2루 주자 고상민을 홈으로 불러들일 수 있을 것 같았다.

그러나 타구는 박건호의 기대를 훌쩍 뛰어넘어 버렸다.

─너, 넘어갔습니다! 홈런! 세명 고등학교 4번 타자 안승혁! 박민하의 홈런에 응수하듯 투런 홈런을 때려냅니다!

─정말 힘 하나만큼은 대단한 선수입니다. 스위트스폿을 벗어났다고 생각했는데 힘으로 홈런을 만들어낸 느낌입니다.

중계진의 호평 속에 안승혁이 천천히 그라운드를 돌아 홈 플레이트를 밟았다. 그리고 더그아웃 바깥까지 나와 있던 박건호와 힘차게 손뼉을 부딪쳤다.

스티브 코치도 의기양양한 얼굴로 조기하 감독을 바라봤다.

"제가 뭐랬어요? 승혁이가 하나 쳐 줄 거라고 했죠?"

안승혁이 타석에 들어서기 전 스티브 코치는 이번 타석을 기대해 볼 만하다고 말했다.

안승혁의 득점권 타율은 무려 0.667에 달했다. 반면 이승훈은 주자가 2루에 있을 때 피안타율이 주자가 없을 때보다 1할 5푼 가까이 높았다.

게다가 오늘 경기에서 안승혁은 이승훈의 공을 잘 공략했다. 첫 타석에서는 세명 고등학교의 첫 안타를 신고했고 다음 타석 때는 1루 쪽 강습 타구를 때려내 1루수 박민하의 실책을 유발시켰다.

더욱이 안승혁은 첫 타석에서 안타를 기록하면 75퍼센트의 확률로 멀티 안타를 때려내곤 했다.

이 같은 몰아치기 능력까지 감안했을 때 동점을 만드는 건 어렵지 않다고 여겼는데 그 예상이 정확하게 맞아떨어졌으니 스티브 코치가 큰소리를 치는 것도 무리는 아니었다.

하지만 정작 조기하 감독은 당연한 결과였을 뿐이라며 웃어넘겼다.

"그런 말은 나도 하겠다."

"거짓말! 아까 불안하다고 하셨잖아요!"

"그건 광일고 배터리가 승혁이를 거를까 봐 한 소리였고."

"쳇, 칭찬에 인색한 감독 같으니."

스티브 코치가 불만스럽게 입술을 삐죽거렸다. '역시 자네의 데이터는 훌륭해'라는 말 한마디가 듣고 싶었는데 매번 이런 식이니 절로 서운함이 밀려들었다.

그러나 조기하 감독은 스티브 코치를 다루는 법을 그 누구보다 잘 알고 있었다.

"이승훈이 언제까지 버틸 수 있을까?"

조기하 감독이 넌지시 질문을 던졌다. 그러자 스티브 코치가 언제 그랬냐는 듯 표정을 바꾸며 미끼를 덥석 물었다.

"아마 지금쯤이면 광일 고등학교 감독도 골치가 아플 겁니다. 보나마나 이번 이닝까지만 이승훈에게 맡기고 불펜 투수들을 총동원하려고 했을 텐데 경기가 순식간에 뒤집혔으니까요."

"그래서, 결론은?"

"메이저 리그 스카우터들까지 보고 있으니 이승훈을 더 끌고 갈 것 같습니다. 이번 이닝이야 아웃 카운트 2개 남았고 다음 이닝부터는 하위 타선이니까요."

"7회까지는 이승훈으로 밀고 나갈 거다?"

"네, 7회만 되어도 한계 투구 수는 넘길 겁니다."

스티브 코치의 예상은 이번에도 적중했다. 5번 타자 주찬기와 6번 타자 김일섭을 땅볼로 유도하고 이닝을 마친 이승훈은 7회 초에도 마운드에 올라 7, 8, 9번 하위 타순을 삼자범퇴로 돌려세웠다.

반면 박건호의 투구 패턴을 분석해 선취점을 얻는 데 공헌했던 광일 고등학교 김인명 투수 코치의 예상은 점차 어긋나기 시작했다.

"박건호는 경험이 많지 않은 투수입니다. 한 점 차의 리드가 부담으로 작용할 가능성이 높습니다."

6회 말 광일 고등학교의 공격이 시작됐을 때 김인명 코치는 박건호가 한 점을 지키려 들다가 스스로 무너질 것이라고 내다봤다.

빠른 공을 던진다고 누구나 에이스가 될 수 있는 것은 아니라며 타자들이 서두르지만 않는다면 충분히 점수를 뽑아낼 수 있다고 덧붙였다.

그러나 박건호는 9번 타자 김슬기를 4구 만에 2루수 앞 땅볼로 유도한 뒤 1번 타자 박일호를 중견수 플라이로, 2번 타자 이승호를 3구 삼진으로 잡아내고 깔끔하게 이닝을 끝마쳤다.

"이제 중심 타선입니다. 박건호도 60구를 넘겼으니 충분히 무너뜨릴 수 있습니다."

7회 말 공격이 시작되자 김인명 코치는 박건호가 지칠 시점이 왔다고 말했다.

체격이 좋긴 하지만 경기 초반부터 155㎞/h의 빠른 공을 구사해 온 만큼 일반적인 고교 투수들의 한계점인 60구를 전후로 해서 구위가 무너질 것이라고 단언했다.

선두로 나선 3번 타자 김민기가 박건호의 3구째 포심 패스트볼을 밀어쳐 1, 2루 간을 꿰뚫는 안타를 때려내자 김인명 코치는 그럴 줄 알았다며 고개를 주억거렸다. 그러고는 작전을 걸려는 박기명 감독을 만류했다.

"박건호도 민하는 부담스러울 겁니다. 절대 좋은 공을 주지 않겠죠. 민하가 사사구로 나가면 아웃 카운트를 허비하지 않고도 스코어링 포지션에 주자를 보낼 수 있습니다."

"제 생각도 같습니다."

이진수 타격 코치도 김인명 코치의 말에 냉큼 맞장구를 쳤다. 박기명 감독이 찜찜한 표정을 지었지만 안기찬 수석 코치마저 의견을 보태자 어쩔 수 없다는 듯 한발 물러섰다.

'좋아.'

벤치의 사인을 확인한 박민하가 무심하게 고개를 주억거렸다. 그렇지 않아도 이승혁의 투런 홈런에 밀린 것 같아 자존심이 상했는데 강공 사인이 나왔으니 이번에야말로 광일 고등학교 4번 타자의 무서움을 똑똑히 보여주리라 다짐했다.

'커브를 조심하면서 포심 패스트볼만 노리면 돼.'

박민하는 박건호의 구종을 단순화했다. 앞선 타석에서 홈런을 맞은 슬라이더는 쉽게 던지지 못할 거라 여겼다. 체인지업도 마찬가지. 장타에 대한 부담감을 떨쳐 내긴 어렵다고 봤다.

그렇다면 남은 구종은 커브와 포심 패스트볼. 그중 커브는 보여주기식 구종일 테니 결국 노릴 만한 공은 포심 패스트볼밖에 없었다.

'어디 던져 봐라.'

박민하의 날 선 시선이 박건호에게 향했다. 그러자 박건호가 투수판을 박차고 공을 내던졌다.

후앗!

박건호의 손끝을 떠난 공은 놀랍게도 슬라이더였다. 그것도 앞서 홈런을 맞았던 코스로 매섭게 파고들었다.

'젠장!'

방심하다 허를 찔린 박민하의 눈썹이 매섭게 꿈틀거렸다. 하지만 노림수를 바꾸진 않았다. 초구에 슬라이더를 던졌다는 건 결국 포심 패스트볼을 던지기 위한 포석일 뿐이라며 넘겼다.

하지만 박건호는 2구 역시 박민하의 몸 쪽에 슬라이더를 꽂아 넣으며 스트라이크를 챙겼다. 박민하가 이번에는 방망이를 휘둘러 봤지만 초구보다 살짝 깊게 파고든 공은 손잡이 부분에 걸려 1루 파울라인을 완전히 벗어나고 말았다.

투 스트라이크 노 볼.

투수에게 절대적으로 유리한 볼카운트의 여유를 즐기며 박건호는 3구 체인지업을 박민하의 몸 쪽 낮게 찔러 넣었다.

후앗!

마치 포심 패스트볼처럼 몸 쪽을 파고들던 공이 마지막 순간에 뚝 하고 떨어져 내렸다. 그리고 포심 패스트볼이라 확신하고 방망이를 내돌렸던 박민하는 그 공을 미처 걷어내지 못했다.

3구 삼진.

"홈런 하나 쳤다고 우쭐대지 마라."

박건호의 입가를 타고 짓궂은 웃음이 번졌다.

"태, 태석이라면 분명 뭔가 해줄 겁니다."

당황한 김인명 코치가 말을 더듬었다. 그러나 송태석은 김인명 코치의 기대를 완전히 저버렸다.

따악!

박건호가 2구째 바깥쪽으로 던진 백도어성 슬라이더를 건드렸다가 2루수 정면으로 향하는 땅볼을 때리고 만 것이다.

"상민 선배!"

타구를 건져 올린 2루수 김일섭이 유격수 고상민에게 송구했다. 고상민은 1루 주자 김민기의 거친 슬라이딩을 가볍게 피하며 다시 1루로 공을 던졌다. 그리고 그 공이 정확하게 안승혁의 글러브 속으로 빨려들어 갔다.

"아웃!"

1루심의 단호한 외침과 함께 세 번째 아웃 카운트가 만들어졌다.

"이번 이닝도 깔끔하군."

누구보다 열정적으로 경기를 지켜보던 다저스 스카우터 그린이 가볍게 입가를 비틀어 올렸다.

앞선 6회에 이어 이번 7회도 박건호는 타자들을 가볍게 상대했다. 특히나 이번 이닝은 선두 타자를 안타로 내보내며 흔들리나 싶었는데 후속 타자를 잘 잡아내며 실점 없이 이닝을 끝마쳤다.

이 정도면 구단에 슬쩍 들이밀어 봐도 나쁘지 않은 투구 내용이었다. 구단에서 박건호의 가치를 제대로 알아봐 준다면 다저스는 류현신의 장기적인 대체 자원을 확보할 수 있을 것 같았다.

그린은 애써 속내를 감추며 주변을 살폈다. 박건호가 다시 호투를 이어가서일까. 대다수의 스카우터가 박건호에 대해 떠들어 대고 있었다.

"방금 땅볼을 유도한 게 슬라이더였지?"

"맞아. 저 백도어 슬라이더에 오른손 타자들이 맥을 못 추고 있다고."

오른쪽에 앉은 스카우터들은 박건호의 슬라이더를 칭찬했다. 155km/h를 넘나드는 포심 패스트볼도 일품이지만 크로스 스텝을 최대한 활용하는 슬라이더도 예술이었다.

정확한 건 다시 한번 확인해 봐야겠지만 포심 패스트볼과 슬라이더, 이 두 가지 구종만으로도 더블 A까지는 문제없이 버텨낼 것 같았다.

"좀 전에 박건호가 송태석을 삼진으로 잡아내는 거 봤어?"

"누굴 말하는 거야? 박건호가 삼진을 잡은 건 박민하라고."

"아, 미안. 한국인들은 다 이름이 비슷비슷해서 말이지. 어쨌든 난 박건호가 터프해서 마음에 들어. 박민하한테 홈런을 맞은 공을 다시 던졌잖아."

"터프한 건 맞는데 그래도 조심할 필요는 있다고. 경기 경험이 부족해서인지는 모르겠지만 너무 타자를 이기려 드는 경향이 있어."

뒤쪽의 스카우터들은 박건호와 박민하의 세 번째 타석에 대한 이야기를 늘어놓았다.

이 타석 전까지 박건호와 박민하의 스코어는 1 대 1. 첫 타석에선 박건호가 삼진을 잡았고 두 번째 타석 땐 박민하가 홈런을 때려냈다.

홈런의 무게감 때문에 박민하가 박건호를 이긴 것처럼 느껴질 수도 있겠지만 그때까지만 해도 승부의 추는 팽팽한 상태였다.

그런데 박건호가 박민하를 상대로 또다시 삼진을 잡아내며 전 타석의 피홈런을 완벽하게 설욕해 냈다. 그것도 무사 1루의 부담스러운 상황에서 3구 삼진으로 박민하를 돌려세웠다.

'확실히 그 승부는 대담했어. 다저스 마운드에는 박건호처럼 싸울 수 있는 투수가 필요하다고.'

그린이 다시 입가를 실룩거렸다. 박건호를 다저스 스타디움의 마운드에 세울 생각을 하니 벌써부터 가슴이 두근거릴 지경이었다.

"지금까지 투구 수가 몇 개야?"

"70개쯤 되지 않았을까?"

"정확하게 70구야. 이닝당 10개꼴이라고."

"그럼 다음 이닝까지인가?"

"신인 고등학교전에서는 100구도 던졌으니까. 9회도 가능하지 않을까?"

"그때야 신인 고등학교전이 박건호의 첫 경기였잖아. 이번에는 경암 고등학교에 이어 두 번째라고. 나흘간 휴식을 취했다곤 하지만 박건호의 체력이 버텨줄 거라 장담할 순 없어."

"게다가 한 점 차이니까. 육체적인 피로 이상으로 정신적인 피로가 크겠지."

"하긴, 큰 것 한 방이면 경기는 원점이니까."

1번 타자부터 시작했던 세명 고등학교의 8회 초 공격이 삼자범퇴로 끝이 나고 박건호가 다시 마운드에 오르자 스카우터들은 박건호의 교체 시점에 촉각을 곤두세웠다.

박건호 이외에는 믿을 만한 투수가 없는 세명 고등학교 입장에서는 박건호를 최대한 오래 끌고 갈 수밖에 없었다. 하지만 박건호도 70구를 넘긴 터라 남은 두 이닝을 홀로 책임지기란 쉽지 않아 보였다.

"다른 거 필요 없어. 선두 타자를 잡아내는 것만 보면 된다고."

나이 지긋한 스카우터 하나가 단호한 목소리로 말했다. 박건호가 6번 타자 박승후를 어떻게 요리하느냐가 절대적으로 중요하다는 것이었다.

"후우……."

박승후도 길게 숨을 내쉬며 박건호를 노려봤다. 첫 타석 때는 파울 플라이로 물러났지만 두 번째 타석 때 안타를 때려낸 기억이 있는 만큼 박건호도 자신을 부담스러워할 것이라 여겼다.

하지만 박건호는 초구와 2구를 연속으로 몸 쪽에 찔러 넣으며 승부를 걸었다. 마치 박승후에게 안타를 맞았다는 사실을 깨끗이 잊어버리기라도 한 것처럼 말이다.

"젠장할!"

순식간에 투 스트라이크로 몰리자 박승후가 이를 악물었다. 그러고는 모든 감각을 바깥쪽에 집중시켰다. 초구와 2구, 2개의 포심 패스트볼이 몸 쪽으로 들어왔으니 이번에는 바깥쪽으로 승부를 걸어올 것이라고 확신했다.

그러나 박건호의 손끝을 빠져나간 공은 홈 플레이트를 사선으로 가로지르며 또다시 몸 쪽을 파고들었다. 몸 쪽 코스에 미처 대비하지 못한 박승후가 움찔하며 엉덩이를 뺐지만 구심은 단호하게 스트라이크를 외쳤다.

3구 삼진.

그렇게 또 하나의 아웃 카운트가 사라졌다.

"대타 내보내."

마음이 급해진 박기명 감독이 포수 강인중 타석 때 대타 황찬익을 내보냈다. 2학년이긴 하지만 좌타자에 발이 빨라서 평범한 내야 땅볼을 안타로 만드는 재주를 가지고 있었다.

"저 녀석, 거의 대부분의 공이 스트라이크로 들어오니까 눈에 들어오면 망설이지 말고 휘둘러라."

"네, 코치님."

"그렇다고 무리하진 말고 너 잘하는 거 있잖아. 가볍게 굴리기만 하라고. 알았지?"

"네, 명심하겠습니다."

이진수 타격 코치의 주문대로 황찬익은 초구에 들어온 바깥쪽 포심 패스트볼을 툭 하고 밀어쳐 3루 쪽으로 굴려 보냈다.

하지만 타구 방향이 너무 정직했다. 한승렬이 잔실수가 많다고 해도 정면으로 굴러오는 타구를 놓칠 정도로 젬병은 아니었다.

게다가 한승렬은 어지간한 잔실수는 만회할 수 있는 강한 어깨와 정확한 송구 능력을 가지고 있었다. 중학교 때까지 투수를 해왔던 터라 송구 스피드도 어마어마했다.

"어딜!"

타구를 글러브로 받기가 무섭게 한승렬이 1루수 안승혁을 향해 전력으로 공을 내던졌다. 그러자 퍼엉 하는 포구음이 안승혁의 글러브를 꿰뚫듯 울려 퍼졌다.

황찬익이 이를 악물고 1루까지 달려봤지만 한승렬의 송구를 당해내지 못했다.

2사 주자 없는 상황에서 타석에 들어선 조무근은 3구째 들어온 슬라이더를 건드려 1루 땅볼로 물러났다.

박건호가 세 타자를 상대하며 던진 공은 총 7개. 총 투구 수 77구. 이닝당 평균 투구 수도 10구 밑으로 떨어졌다.

"필립, 나하고 내기 하나 할래?"

"뜬금없이 무슨 내기?"

"박건호가 완투를 하나 못 하나. 저녁 내기 어때?"

"또 10불짜리?"

"아니, 50불."

"좋아. 참고로 나는 박건호가 완투를 한다는 쪽에 걸겠어."

"이, 이봐! 그러는 게 어디 있어? 가위바위보라도 해야지."

"하아, 조이. 이 답답한 친구야. 너 정말 양키즈 스카우터는 맞는 거야?"

"그건 또 무슨 소리야?"

"나 말고 다른 스카우터를 붙잡고 내기를 걸어봐. 아마 모두가 박건호가 완투한다는 쪽에 걸걸?"

"그, 그래도 경기가 어떻게 될지는 모르는 거잖아."

"그런 말은 일반인한테나 가서 떠들라고."

필립에게 면박을 받은 조이가 입술을 삐죽거리며 반대쪽에 앉은 스카우터에게 말을 걸었다. 하지만 돌아오는 대답은 별반 달라지지 않았다.

"지금 겜블러 앞에서 블러핑 치는 거야?"

"그래도 경기는 모르는 거니까……."

"그렇게 자신 있음 네가 반대로 걸어. 그리고 100불쯤으로 올리자고. 어때? 해볼래?"

"끄응."

미련을 버리지 못하고 세 번째 스카우터에게 내기를 제안했다가 한심스럽다는 눈초리를 받은 뒤에야 조이는 입을 다물었다.

"오늘은 근사한 저녁이 먹고 싶었는데……."

조이가 혼잣말처럼 중얼거렸다. 그러자 필립이 어처구니없다는 표정을 지었다.

"다른 구단도 아니고 양키즈 스카우터가 지금 밥값이 없어서 쩔쩔매는 거야?"

"남의 일에 신경 꺼."

"보나마나 또 어디 이상한 곳에다 돈을 쏟아부은 모양인데 정신 차리라고. 이대로 나한테 박건호를 빼앗겼다간 구단에서 쫓겨날 테니까."

"흥, 양키즈가 레드삭스 따위에게 유망주를 빼앗길 것 같아?"

"너같이 얼빠진 스카우터를 데리고 있는 팀이라면 당연히 빼앗길 것 같은데?"

"뭐야?"

조이가 발끈하며 소리쳤다. 하지만 필립은 그런 조이를 무시한 채 그라운드로 눈을 돌려 버렸다.

"야! 너 지금 나 무시하는 거야? 어?"

혼자서 열을 내던 조이도 이내 운동장으로 고개를 돌릴 수밖에 없었다.

따악!

9회 초 선두 타자로 들어선 안승혁이 바뀐 투수 조인설의 초구를 받아쳐 또다시 담장을 넘겨 버렸기 때문이다.

—안승혁! 연타석 홈런입니다!

—아, 이건 정말 결정적이네요. 광일 고등학교, 오늘 경기를 뒤집는 건 어려워 보입니다.

안승혁이 베이스를 돌고 홈 플레이트를 밟으면서 점수는

두 점 차이로 벌어졌다.

3 대 1.

마지막 9회 말 공격을 남겨둔 광일 고등학교가 오늘 경기를 잡아내기 위해 필요한 점수가 3점으로 늘어나 버렸다.

"후우……."

박기명 감독도 체념하듯 고개를 흔들었다. 한 점 차이라면 작전을 걸어서 어떻게든 쥐어짜 내 보겠지만 두 점 차라면 이 야기가 달랐다.

"가, 감독님! 분명 9회 말에 점수가 나올 겁니다."

김인명 투수 코치가 포기하긴 이르다고 말했지만 박기명 감독은 쓴웃음만 지었다.

이쯤 되면 김인명 코치의 분석이 틀렸다고 봐야 했다. 아니, 박건호를 지나치게 과소평가했다고 보는 게 옳았다.

"호들갑 떨지 말자고. 질 때 지더라도 마지막까지 최선을 다하는 거, 그게 우리 광일의 모토 아닌가."

박기명 감독의 나직한 한마디에 더그아웃의 분위기가 숙연해졌다.

끝날 때까지 끝난 게 아닌 게 야구이긴 했지만 경기에는 흐름이라는 게 있었다. 그 흐름상 광일 고등학교가 3 대 1의 스코어를 뒤집기란 결코 쉽지 않아 보였다.

그리고 그 예상은 정확하게 맞아떨어졌다.

"스트라이크, 아웃!"

마지막 타자 이승호를 삼진으로 돌려세운 뒤 박건호가 마운드 위에서 왼손을 높이 추켜들었다.

2

"승리 축하합니다."

"고맙습니다, 박 감독님."

"그나저나 정말 좋은 선수를 키우셨습니다. 승훈이에게는 미안한 말이지만 저렇게 탐나는 선수, 정말 오랜만입니다. 안승혁도 마음에 들고요."

"좋게 봐 주시니 감사합니다."

"어쨌든 꼭 결승까지 올라가서 우승하십시오. 우리 광일을 꺾었으니 그 정도는 해주셔야 면이 서지요. 안 그렇습니까?"

"하하, 최선을 다해보겠습니다."

"그리고 노파심에 한 말씀 드리자면…… 실력으로 진 겁니다. 그러니 자신감을 가지십시오."

"고맙습니다. 다음 라운드에서도 부끄럽지 않은 경기 펼치겠습니다."

조기하 감독과 박기명 감독이 웃는 얼굴로 악수를 나누었다. 하지만 서로 몸을 돌렸을 때 둘의 얼굴은 승장과 패장으로 엇갈려 있었다.

"건호야, 오늘도 잘 던졌다."

선수들에게 다가온 조기하 감독이 가장 먼저 박건호부터 챙겼다. 오늘 수훈갑은 누가 뭐래도 박건호였다. 박건호가 마운드에서 끝까지 버텨주지 못했다면 강호 광일을 잡아내기 어려웠을 것이다.

그러나 박건호의 표정은 생각만큼 밝지가 않았다. 동료들의 축하 속에서도 아쉬움이 가득한 얼굴이었다.

"왜 저래?"

"좀 전에 MVP가 발표됐거든요."

"MVP? 설마 승혁이가 받은 거야?"

"설마는 아니죠. 오늘 경기에서 혼자 3점을 다 쓸어 담았는데요, 뭘."

스티브 코치가 당연히 받을 만했다며 안승혁을 두둔했다. 안승혁과의 개인적인 친분을 떠나 1실점을 한 박건호보다 홈런 2개에 3타점을 올린 안승혁이 가장 가치 있는 선수에 가깝다고 여겼다.

하지만 정작 메이저 리그 스카우터들의 시선은 박건호에게 향해 있었다.

"이봐, 안승혁 어때? 저 정도면 오리올스에서 키워볼 만하지 않아?"

"안승혁은 트윈스나 데려가라고. 우린 박건호 같은 좌완이
필요하니까."

강준호와 박병훈, 김현우가 메이저 리그에 진출하며 좋은
모습을 보여주고 있긴 하지만 아직까지도 동양인 타자에 대
한 기대치는 낮은 상태였다.

반면 동양인 투수는 달랐다. 그것도 박건호처럼 체격 좋고
빠른 공을 던지는 좌완 투수라면 설사 마이너 리그를 전전하
다 사라진다 하더라도 일단은 데려오고 싶었다.

박건호가 탐이 나는 건 국내 프로 야구 스카우터들도 마찬
가지였다.

"어떻게 됐어?"

"그게…… 거절당했습니다."

"뭐? 거절? 허, 내가 누구인지 제대로 전달한 거야?"

"네, 혹시나 싶어서 팀장님 명함까지 내밀었는데……."

"그랬는데?"

"계속 이러면 사전 접촉으로 협회에 신고하겠다고……."

"허……!"

트윈스 스카우트 팀장 김인창의 입에서 헛웃음이 터져 나
왔다.

다른 구단도 아니고 서울 최고의 인기 구단인 트윈스에서
직접 별도의 쇼케이스를 요구했는데 그걸 거절한 것으로도 모

자라 사전 접촉을 운운하다니. 이건 선수를 프로에 보내지 않겠다는 소리나 다름없었다.

"고집 세고 제멋대로라더니 소문이 틀린 게 하나 없군 그래."

"누굴 말씀하시는 건지……."

"조기하 감독 말이야! 저렇게 융통성이 없으니까 프로는커녕 고작 고등학교 야구 감독이나 하고 있지."

"조기하 감독은 세명 대학교 감독을 겸하는 것으로 알고 있습니다만……."

"……너 지금 나한테 시비 거는 거냐?"

"아닙니다."

"이 자식이 오냐오냐해 주니까 아주 기어오르네? 어?"

"그, 그게 아니라……."

"시끄럽고. 너 오늘 중으로 박건호 설득해서 날짜 잡아. 알았어?"

"바, 박건호를 직접요?"

"뭘 그렇게 당황하고 난리야? 세명 고등학교가 우리 트윈스 관할인 거 몰라?"

비록 1차 지명은 끝났지만 김인창 팀장은 박건호도 내심 트윈스에 오고 싶어 할 것이라고 여겼다.

하지만 정작 박건호는 떨떠름한 반응이었다.

"쇼케이스요?"

"거창하게 말하자면 그런 거고요. 그냥 가볍게 박건호 선수 공 던지는 것 좀 보자는 이야기죠."

"시합 때 안 보셨어요?"

"물론 봤죠. 봤는데 그래도 좀 더 가까운 곳에서 정밀하게 박건호 선수를 살펴보고 싶은 욕심이랄까요?"

"흠……."

"박건호 선수, 제가 준 명함 잘 봐요. 트윈스예요. 다른 구단 아니구요."

"네, 알고 있습니다."

"그런데 별로 안 기뻐하는 눈치네요?"

"아…… 아니에요. 기쁩니다."

"서, 설마 또 다른 구단에서 연락받은 건가요? 그런 거예요?"

"그건 말씀드릴 수가 없어……."

"바, 박건호 선수! 다른 구단에서 뭐라고 했든 간에 절대 현혹되면 안 됩니다. 아셨죠? 트윈스는 박건호 선수를 상위 지명할 생각도 가지고 있습니다!"

"말씀은 감사한데 제가 좀 피곤해서요. 먼저 들어가 보겠습니다."

박건호가 넙죽 고개를 숙이고는 집 쪽으로 걸음을 옮겼다.

트윈스 스카우터가 집 앞까지 쫓아오며 부지런히 떠들어 댔지만 솔직히 귀에 들어오지 않았다.

오늘 경기가 끝난 이후 개별적으로 박건호에게 연락을 취한 구단만 넷이었다.

이승훈의 컨디션을 점검하러 왔다가 박건호를 발견한 타이거즈.

경암 고등학교전 이후 박건호를 예의 주시해 왔다는 자이언츠.

2차 1지명감을 찾고 있다던 신생 팀 위즈.

그리고 연고 구단임을 내세워 거저먹으려는 트윈스까지.

다들 박건호에게 비공개 테스트를 제안했다. 테스트에 통과할 경우 선순위 지명이 될 수 있다며 박건호를 유혹했다.

하지만 정작 박건호는 다른 데 정신이 팔려 있었다.

"집에 아무도 없겠지?"

박건호가 서둘러 방으로 달려갔다. 하지만 컴퓨터 앞에는 박시은이 헤드폰을 낀 채로 블랙 엔젤의 무대 영상을 보며 침을 흘리고 있었다.

"야, 비켜."

"뭐, 뭐야? 오빠 벌써 온 거야?"

"시끄럽고 비키라고."

"자, 잠깐만. 나 이것만 보고."

"빨리 안 비켜?"

"아, 진짜! 오빠 왜 내가 뭐 할 때만 와서 이래?"

"너야말로 네 방 놔두고 왜 내 방에서 컴퓨터 하는데?"

"됐다! 됐어! 이깟 고물 컴퓨터! 하라고 해도 안 해!"

박시은이 빽 소리를 내지르며 방을 나갔다. 박건호는 냉큼 방문을 걸어 잠근 뒤 잔뜩 열이 받은 컴퓨터 앞에 앉았다.

"진짜 컴퓨터를 한 대 새로 사든가 해야지."

하룻밤 사이에 배로 늘어난 바탕화면 아이콘들을 정리한 뒤 박건호가 검색창을 띄웠다. 그러고는 주머니 속에서 명함들을 꺼냈다.

"이건 아니고 이것도 아니고 아, 이거다."

각 구단의 로고가 찍힌 명함을 전부 구석에 밀어놓은 뒤 박건호가 반짝거리는 은박이 박힌 명함 한 장을 집어 들었다.

메이저 리그 에이전트 & 컨설턴트
대표 브라이언 리

그럴 듯한 직함과 함께 앞면에는 메이저 리그 로고를 본 따만든 이미지가 큼지막하게 자리 잡고 있었다.

순간, 브라이언 리의 목소리가 환청처럼 머릿속을 울렸다.

'박건호 선수. 경기 정말 잘 봤습니다. 나는 메이저 리그 구단과 선수들을 연결해 주는 일을 하는 사람입니다. 에이전트라고 들어봤죠? 참고로 김현우 선수와 박병훈 선수도 내 고객이었습니다. 굳이 자랑하려는 건 아니고 박건호 선수가 메이저 리그에 관심이 있다면 경쟁력 있는 에이전트를 만나야 할 것 같아서 말해두는 겁니다. 여기 내 명함 있으니까요, 궁금한 게 있으면 언제든 전화 주세요. 알았죠? 그리고 혹시나 국내 구단들이 접촉해 오면 적당히 거리를 두는 게 좋을 겁니다. 자기들끼리 서로 짬짜미 하는 경우가 많아서 괜히 잘못 소문나면 골치 아파지거든요.'

"메이저 리그라, 메이저 리그."

박건호가 슬그머니 입가를 비틀어 올렸다. 메이저 리그에 관심 있으면 연락 달라는 말뿐이었지만 왠지 메이저 리그에 진출할 만큼 재능이 있다고 인정받은 기분이었다.

물론 현실적으로 놓고 보자면 메이저 리그보다는 국내 프로 야구에 우선순위를 두는 게 현명했다.

국내에서 추신우 이후 고등학교를 졸업하고 메이저 리그에 도전했다가 성공한 사례는 단 한 명도 없었다.

그만큼 메이저 리그란 험난한 곳이었다. 신체적으로 정신적으로 성장하지 못한 아마추어 선수가 만만하게 볼 만한 무대가 아니었다.

하지만 가능만 하다면 한 해라도 먼저 메이저 리그에 도전하고 싶은 게 모든 선수의 꿈이었다.

"일단 브라이언 리에 대해서 좀 알아보자."

박건호가 검색창을 열고 브라이언 리를 쳐 넣었다. 하지만 좀처럼 쓸 만한 정보는 찾을 수가 없었다.

그때였다.

"오빠! 오빠! 또 야동 보는 거야?"

박시은이 잠긴 문을 요란스럽게 두드려 댔다.

"아 진짜! 너 자꾸 까불래?"

달콤한 상념에서 깬 박건호가 신경질적으로 문을 열었다. 그러자 박시은이 냉큼 컴퓨터 쪽을 바라보더니 아쉽다며 입맛을 다셨다.

"엄마 아빠 오늘 큰삼촌네 간다고 2만 원 놓고 가셨는데 통닭 시킬까? 응?"

"통닭 한 마리 시켜서 누구 코에 붙이게?"

"그래도. 나 통닭 먹고 싶단 말야."

"그럼 또식이 두 마리 시켜."

"거기 싫어. 퍽퍽해. 전지현씨에서 시키자. 응?"

"으이그, 네 맘대로 해라."

박건호는 다시 신경질적으로 문을 닫았다. 하나뿐인 오빠가 메이저 리그를 가게 생겼는데 고작 방해하면서 한다는 말이 통닭이라니.

'계약금 받으면 넌 국물도 없다.'

박건호가 애써 짜증을 억눌렀다. 그러고는 검색어를 바꿔 브라이언 리와 박병훈, 그리고 김현우를 쳐넣었다.

그 순간 검색 화면이 바뀌더니 그토록 찾던 기사가 떠올랐다.

그런데…….

[박병훈과 김현우의 메이저 리그 계약을 성공리에 마친 에이전트 브라이언 최는…….]

기사에 에이전트 이름이 다르게 표기되어 있었다.

"뭐, 뭐야?"

당황한 박건호가 다른 기사들을 살폈다. 하지만 박병훈과 김현우의 미국 진출을 도왔다는 에이전트의 이름은 브라이언 최였다.

브라이언 리가 아니었다. 심지어 어렵게 찾은 브라이언 최의 사진 또한 박건호가 봤던 브라이언 리와는 전혀 닮지 않았다.

"설마…… 속은 건가?"

박건호가 미련을 버리지 못하고 브라이언 리에게 문자를 넣었다.

-어떻게 하면 메이저 리그에 갈 수 있어요?

그러자 브라이언 리가 아주 대놓고 답장을 보내왔다.

-메이저 리그 구단과 사전 접촉하다 걸리면 무기한 자격 정지, 혹은 영구 제명인 거 알죠? 그래서 이게 위험 부담이 좀 커요. 하지만 안심해요. 내가 이쪽으로 인맥이 확실하니까. 보통은 메이저 리그 진출 시 계약금의 일부를 커미션으로 받는데 열심히 메이저 리그 구단하고 협상 진행해 놓으면 그걸 가지고 국내 구단과 계약금 협상하려는 선수들이 워낙 많아서요. 착수금으로 1천만 원 정도 받고 있어요. 이 부분은 혼자 상의할 문제가 아니니 제가 집에 한번 찾아갈게요. 괜찮죠?

"하아…… 시팔."

박건호가 그대로 핸드폰을 덮어버렸다. 메이저 리그에 환장한 고교 야구 선수라면 부모님을 들들 볶아서라도 천만 원을 만들려 굴었겠지만 박건호는 달랐다.

10년 치 예지몽을 꾸면서 순진무구한 고등학교 야구 선수의 사고 수준에서는 벗어나 있었다.

이건 누가 봐도 사기였다. 가수 지망생들에게 앨범 값을 내면 아이돌을 시켜주겠다고 주둥이를 털어대는 사기꾼들과 다를 게 없었다.

"이럴 줄 알았으면 스카우터들에게 좀 더 잘 보이는 건데."

박건호가 뒤늦게 머리를 쥐어뜯었다. 하지만 후회한들 달라지는 건 아무것도 없었다.

그렇다고 이제 와서 고개를 숙이고 들어갈 수도 없는 노릇이었다.

"신영아, 나 딱 한번만 도와줘라. 응?"

박건호는 간절한 마음으로 이신영의 호투를 바랐다. 북인 고등학교가 충청 지역의 강호이긴 하지만 안효신을 제외하고는 위협적인 타자가 없는 만큼 이신영이 최선을 다한다면 이길 수도 있다고 여겼다.

그러나 애석하게도 경기는 북인 고등학교의 승리로 돌아갔다.

최종 스코어 3 대 2.

박건호의 절실함을 듣기라도 한 것처럼 이신영이 최고의 피칭을 선보였지만(6.2이닝 4피안타 1실점) 타자들이 북인 고등학교가 자랑하는 두터운 마운드를 넘지 못한 것이다.

이날 경기에서 안승혁은 완전히 봉쇄됐다.

사사구 3개. 플라이 1개.

북인 고등학교 타자들이 승부를 피해버리니 제아무리 안승혁이라 해도 할 수 있는 게 없었다.

그나마 위안거리라면 고상민이 북인 고등학교 최고의 스타 안효신과의 맞대결에서 정말로 판정승을 거두었다는 점이다.

컨디션이 썩 좋지 않았던 안효신이 4타수 1안타, 1득점의 평범한 성적을 낸 반면 고상민은 3타수 2안타, 1사사구 1타점 1득점으로 안승혁을 대신해 세명 고등학교 공격을 이끌었다.

비록 팀의 패배로 빛이 바래긴 했지만 발목 부상의 여파로 프로의 꿈을 접어야 하나 고민했던 고상민에게는 충분히 의미 있는 경기였다.

"다들 고생 많았다. 많이 가르치지 못한 것 같아 미안하고 고맙구나."

경기 후 조기하 감독이 3학년들을 따로 불렀다. 이번 협회장기가 끝나면 신인 드래프트가 열릴 것이다. 그리고 신인 드래프트가 끝나면 3학년들은 세명 고등학교 야구부에서 벗어나 각자의 길을 걸어가게 될 터였다.

아직 청룡기가 남아 있긴 했지만 신인 드래프트가 끝난 이후에 열리는 터라 3학년들이 출전할 이유가 없었다.

"후우……. 젠장할."

"이제 뭘 하지?"

이신영과 한승렬을 비롯해 프로 지명이 확실치 않은 선수들은 아쉬움을 토로했다.

세명 고등학교 야구부가 폐부 위기에 몰리지 않았다면, 그래서 협회 징계를 받지 않았더라면 좋았을 텐데. 전반기를 통째로 날려 버린 게 이제야 후회스러웠다.

다행히도 작년에 창단한 세명 대학교 야구부에서 우선적으로 세명 고등학교 출신 선수들을 받아주겠다는 뜻을 전해왔다. 하지만 그 제안을 선뜻 받아들이기란 쉽지 않았다.

지금도 어려운데 4년 후 더 좁아진 프로 입시를 통과할 수 있을지는 그 누구도 자신하기 어려웠다. 그렇다고 십 년을 넘게 한 야구를 이대로 포기하기도 쉽지 않았다.

"건호야, 잠깐 나 좀 보자."

"그래."

축 처진 3학년 동료들의 눈치를 살피며 안승혁과 박건호가 자리를 옮겼다.

세명 고등학교의 성적이 좋은 건 아니지만 워낙에 빼어난 활약을 펼친 4번 타자 안승혁과 에이스 박건호는 이번 드래프트에서 지명될 가능성이 높은 상태였다.

그렇다 보니 괜히 동료들 속에 끼어 있는 게 미안하기만 했다.

"나 베어스에서 연락 왔다."

"베어스?"

"베어스에 어울리는 스타일이라나 뭐라나. 한번 테스트해 보고 싶다고 했는데 시간 좀 달라고 했어."

혼잣말처럼 중얼거리던 안승혁이 박건호를 바라봤다. 자신이 하나 밝혔으니 이번에는 박건호 차례라는 투였다.

하지만 박건호는 딱히 할 말이 없었다. 에이전트를 빙자한 사기꾼에 속아 프로 구단 스카우터들을 무시했다고 털어놓을 수는 없는 노릇이었다.

"그런데 베어스에서만 연락 온 거야?"

"아니, 트윈스에서도 연락 왔어."

"그리고?"

"뭐야, 왜 나만 대답하는 건데?"

"그러지 말고 속 시원하게 다 까봐. 그래야 나도 편하게 말하지."

"쳇, 아무튼 손해 보는 거 엄청 싫어한다니까."

잠시 입술을 삐죽거리던 안승혁이 자신에게 관심을 보인 구단들을 읊기 시작했다.

베어스, 트윈스, 히어로즈, 위즈, 와이번즈, 이글스, 라이온즈.

무려 7개 구단에서 안승혁을 테스트하고 싶다는 뜻을 전해왔다.

"나보다 많네."

"너보다 많다고?"

"그래, 난 네 곳에서 왔거든."

"트윈스하고 위즈는 왔을 테고 나머진 어디야?"

"그걸 네가 어떻게 알아? 너 내 뒷조사 하냐?"

"뒷조사는 무슨. 그때 만난 스카우터가 얼핏 말해줬거든. 누구 좀 만나고 왔다고."

"……?"

"다른 애들한테는 미안한 이야기지만 우리 학교에서 나보다 먼저 만날 선수가 너 말고 또 있냐."

"아…….."

"그러니까 말해봐. 나머지 두 곳은 어디인지."

박건호가 어쩔 수 없이 타이거즈와 자이언츠를 밝혔다. 그러자 안승혁이 부럽다는 표정을 지었다.

"젠장, 인기 구단에서는 다 연락 왔네."

"그럼 뭐해? 내 복을 내가 발로 찼는데."

"그건 또 무슨 소리야?"

"그런 게 있어."

"그런 게 있다니? 장난해?"

"너 나 좋아하냐? 뭘 그리 꼬치꼬치 캐물어?"

"그게 지금 할 소리냐?"

"어쨌든, 넌 그래서 어디 갈 건데?"

박건호가 냉큼 화제를 돌렸다. 그러자 잠시 고심하던 안승혁이 무겁게 한숨을 내쉬었다.

"그게…… 솔직히 모르겠다."

"모르겠어? 뭘?"

"원래는 서울 연고 팀에 들어갈 생각이었거든. 기왕이면 베어스나 트윈스, 와이번스로."

"그런데?"

"후우, 그게…….

길게 한숨을 내쉬던 안승혁이 주변을 두리번거렸다. 그러더니 박건호에게 다가가 나직이 중얼거렸다.

"뭐? 에이전트?"

"응, 나보고 메이저 리그에 도전해 보지 않겠냐고…….

"누군데? 이름이 뭐야?"

"그게 뭐더라. 브라이언…… 뭐였는데."

"브라이언?"

순간 박건호가 헛웃음을 흘렸다. 메이저 리그 스카우터라는 말에 잔뜩 기대했는데 브라이언이라니. 보나마나 브라이언 리가 안승혁에게까지 접근한 게 틀림없다고 여겼다.

그러나 안승혁이 뒷주머니에서 튀어나온 꼬깃꼬깃한 명함에 박힌 이름은 박건호가 받았던 것과는 조금 달랐다.

메이저 리그 공식 에이전트

브라이언 최

'브라이언…… 최?'

박건호의 놀란 시선이 안승혁에게 향했다. 그러자 안승혁
이 사랑을 고백하는 여고생처럼 수줍게 말했다.

"근데, 건호야. 이 사람이…… 너하고 같이 오래."

"……!"

"나하고 같이 갈래?"

박건호는 대답 대신 안승혁의 손을 덥석 잡았다. 그렇게 하
룻밤 꿈으로 끝날 뻔했던 박건호의 메이저 리그 드림이 다시
시작됐다.

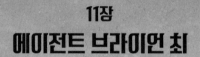

11장
에이전트 브라이언 최

1

"저기 있다."

"누구? 저기 저 조폭같이 생긴 사람?"

"그래, 나도 처음 만났을 때 깜짝 놀랐다고."

"아닌데…… 저렇게 안 생겼는데……."

"뭐래? 맞으니까 빨리 따라와."

안승혁이 박건호의 손을 끌고 구석진 테이블로 다가갔다. 그러자 덩치와 어울리지 않게 커피를 홀짝거리던 사내, 브라이언 최가 냉큼 몸을 일으켰다.

"안승혁 선수, 어서 와요. 박건호 선수도 왔네요. 정말 반갑습니다."

안승혁을 지난 브라이언 최의 시선이 박건호에게 향했다.
동시에 솥뚜껑만 한 손이 박건호의 가슴 쪽으로 다가왔다.

박건호는 움찔 놀라며 손을 내려다봤다. 비즈니스 때문인
지 큐티클까지 예쁘게 정리된 엄지손톱이 박건호를 향해 반
갑게 반짝이고 있었다.

"아, 네. 박건호라고 합니다."

박건호가 조심스럽게 브라이언 최의 손을 맞잡았다. 그런
데…… 손바닥에는 굳은살이 가득 박여 있었다. 마치 자신들
처럼 청춘의 대부분을 야구에 바치기라도 한 것처럼 말이다.

"자, 일단 자리에 앉아서 이야기할까요?"

브라이언 최는 안승혁과 박건호를 자리에 앉혔다. 그리고
카운터로 가서 음료와 케이크를 주문했다.

"커피는 안 드시는 게 좋을 것 같아서 생과일주스로 주문했
습니다. 시럽 빼고요. 저도 얼마 전에 알았는데 시중에서 유
통되는 생과일주스가 설탕 덩어리더라고요."

브라이언 최가 사람 좋은 얼굴로 웃어 보였다.

"네, 저도 커피보다는 생과일주스가 좋아요. 너도 그렇지?"

인스턴트커피 마니아인 안승혁이 표정 하나 바뀌지 않고
박건호를 바라봤다.

"뭐…… 난 특별히 가리는 거 없으니까."

박건호도 이내 고개를 주억거렸다. 다른 이유도 아니고 선수의 건강을 위해서라는데 그걸 가지고 따질 수도 없는 노릇이었다.

"그런데 혹시 야구 하셨어요?"

박건호가 브라이언 최를 바라보며 물었다. 굳은살과 조폭 못지않은 듬직한 체격, 그리고 유난히 짧은 헤어스타일이 잘 어울리는 얼굴형까지. 딱 봐도 전직 야구 선수 느낌이 났다.

"어, 저도 그런 생각했었는데."

안승혁이 슬그머니 숟가락을 얹었다. 그가 브라이언 최의 명함을 받은 가장 결정적인 이유 중에 하나가 바로 손바닥 때문이었다.

야구 선수라면 누구나 한 번쯤 들었을 만한 격언이 바로 몸은 거짓말을 하지 않는다는 것이었다. 특히나 타자들은 손바닥에 박인 굳은살을 훈련의 증표로 삼기도 했다. 그런 관점에서 봤을 때 브라이언 최는 최소 10년 이상은 꾸준히, 그리고 성실하게 야구를 해온 것 같았다.

그러자 브라이언 최가 머쓱하게 웃으며 입을 열었다.

"했던 게 아니라 지금도 하고 있습니다."

"정말요?"

"네, 제가 야구를 늦게 시작했거든요."

음료가 나오기 전까지 브라이언 최는 자신의 야구 인생을 이야기했다.

대부분의 야구 선수가 초등학교 때 야구를 접한 반면 브라이언 최는 중학생이 되어서야 야구에 입문하게 됐다. 본래 운동과는 담을 쌓았는데 중학교 시절 부모님과 함께 미국으로 이민을 가면서 자연스럽게 야구를 즐길 환경이 만들어진 것이다.

특별히 재능이 있진 않았지만 브라이언 최는 야구의 매력에 푹 빠져들었다. 이후 대학교까지 야구 선수 생활을 병행했으며 현재도 지인들과 함께 야구를 즐기고 있다고 했다.

"잠깐 음료 좀 받아 오겠습니다."

브라이언 최가 진동벨을 들고 일어나자 박건호는 냉큼 핸드폰을 꺼냈다. 그리고 브라이언 최가 정말 이민자인지를 확인했다.

다행히도 오래지 않은 기사에 브라이언 최가 중학교 시절 이민을 갔다 왔다는 이야기가 적혀 있었다. 진실 여부는 더 따져 봐야겠지만 앞서 만난 브라이언 리처럼 돈이나 뜯어내려는 사기꾼은 아닌 것 같았다.

"음료 나왔습니다. 시럽이 빠져서 좀 시큼할 수도 있지만 몸에 좋다고 생각하고 드세요. 그럼 맛있을 겁니다."

브라이언 최가 쟁반을 내려놓으며 말했다. 쟁반 위에는 조각 케이크와 베이글, 그리고 토마토 주스와 키위 주스가 놓여 있었다.

"너 뭐 먹을래?"

안승혁이 박건호를 바라봤다.

"난 이거."

박건호가 토마토 주스를 집어 들었다. 자신이야 뭘 먹어도 크게 상관은 없지만 안승혁은 토마토를 별로 좋아하지 않았다.

"짜식, 고맙다."

박건호의 속마음을 읽은 안승혁이 피식 웃으며 키위 주스를 제 앞으로 가지고 갔다. 그 모습을 조용히 지켜보던 브라이언 최가 슬쩍 입가를 비틀어 올렸다.

"안승혁 선수, 토마토 안 좋아하는 거 같은데 맞나요?"

"예? 아, 그게…… 못 먹는 건 아닌데 맛있는지는 잘 모르겠어요."

"박건호 선수는 그걸 알고 일부러 토마토를 고른 거죠?"

"저야 뭐 다 잘 마시니까요. 그런데 일부러 다른 주스 주문하신 거예요?"

박건호기 손에 든 주스를 테이블에 내려놓았다. 그러자 브라이언 최가 재빨리 상황을 수습했다.

"하하, 불쾌하셨다면 죄송합니다. 저는 그저 두 분이 서로 다른 주스를 놓고 어떤 결정을 내릴지 한번 지켜보고 싶었습니다. 거의 모든 사람은 일상생활 중에서 자신의 성격을 드러내게 마련이거든요."

"……?"

"안승혁 선수는 만약에 박건호 선수가 키위 주스를 골랐다면 어떻게 할 생각이었나요?"

"그야…… 토마토 주스를 마셨겠죠."

"하지만 내심 박건호 선수가 토마토 주스를 골라주길 기대하셨죠?"

"건호라면…… 제 식성을 알고 있을 거라고 생각했어요."

"박건호 선수는 왜 먼저 주스를 골랐나요?"

"그냥…… 별생각 없이 고른 건데요."

"표정을 보아하니 아닌 거 같은데요. 제가 박건호 선수를 전부 안다고 말씀드릴 수는 없겠지만 안승혁 선수를 배려한 거잖아요. 그렇죠?"

"너무 절 포장해 주시는 거 아니에요?"

"하하, 그렇게 말한다면 저도 할 말은 없지만 제가 느끼기에는 그랬습니다. 안승혁 선수에게 결정권을 넘길 경우 안승혁 선수가 고민 끝에 덜 맛있어 보이는 토마토 주스를 고를지도 모르니 박건호 선수가 일부러 토마토 주스를 고른 것 같았거든요. 아닌가요?"

"흠……. 뭐 굳이 따지자면 그랬던 것 같기도 해요. 그런데 그게 잘못된 건가요?"

"아뇨, 아닙니다. 제가 처음에 말씀드렸듯 저는 두 분의 성격을 조금이나마 더 파악하고 싶었을 뿐이지 잘잘못을 따지려고 했던 게 절대 아닙니다."

"그래서 결과는 어떤데요?"

박건호가 살짝 퉁명스러운 목소리로 물었다. 그러자 빙긋 웃던 브라이언 최가 나직이 목소리를 내리깔았다.

"음료로 시작한 이야기니까 음료로 설명을 해드리겠습니다. 안승혁 선수. 만약에 박건호 선수가 키위 주스를 들었을 때 남은 선택지는 토마토 주스를 고른다만 있는 게 아닙니다. 저를 바라보며 이렇게 말씀하셔도 됩니다. '저는 토마토 주스를 좋아하지 않습니다. 다른 음료로 바꿔주세요'라고요. 그게 싫어하는 주스를 억지로 참고 마시거나 방치하는 것보다 훨씬 더 좋을 것 같습니다."

"아…… 네."

"박건호 선수도 타인의 취향을 지나치게 고려할 필요는 없을 것 같습니다. 그런데 정말로 토마토 주스와 키위 주스를 똑같이 좋아하시나요?"

"……아뇨."

"최선의 선택지가 있는데 자꾸 차선에 만족하다 보면 정작 욕심을 내야 할 순간에도 중요한 걸 놓치고 다른 걸 생각하게 될지 모릅니다."

"흠……. 그렇겠네요."

잠깐 사이에 성격을 간파당한 박건호와 안승혁의 표정이 굳어졌다. 그러자 브라이언 최가 가볍게 손뼉을 치더니 씩 웃으며 분위기를 환기시켰다.

"앞서 말씀드렸지만 음료 고르기는 두 분의 성격을 조금이나마 파악하기 위한 가벼운 질문지에 불과했습니다. 인터넷에 떠돌아다니는, 그럴듯한 심리 테스트 같은 것과 별반 다를 게 없으니까요. 그러니 조금 전 이야기는 크게 신경 쓰실 필요 없습니다. 실제 두 분의 성격은 음료 고르기 하나로 결코 설명하기 어려울 만큼 복잡할 테니 안심하셔도 좋습니다."

브라이언 최의 말에 박건호와 안승혁의 표정이 한결 가벼워졌다. 확실히 브라이언 최가 거창하게 의미를 부여하지 않았다면 박건호는 물론이고 안승혁도 오늘이 지나기도 전에 어떤 음료를 마셨는지 잊어버리고 말았을 것이다.

물론 브라이언 최도 그저 말장난이나 하려고 음료 고르기를 언급한 건 아니었다.

"솔직히 음료 한 잔, 안 마시거나 덜 마신다고 해서 두 분의 인생이 크게 달라지거나 하는 건 없을 겁니다. 하지만 두 분의 진로라면 이야기가 다를 겁니다. 메이저 리그에 가느냐, 아니면 국내에 남느냐에 따라 두 분의 미래가 달라져 있을 가능성이 높습니다."

브라이언 최가 다시 진지해졌다. 덩달아 박건호와 안승혁
도 표정도 달라졌다.

"두 분뿐만 아니라 한 해에도 수많은 졸업 예정자를 만나
이야기를 나누고 있습니다. 하지만 그분들 중 대부분은 메이
저 리그를 하나의 선택지 정도로만 여기고 있습니다. 메이저
리그에 가면 좋지만 못 가도 상관없다. 국내 구단에서 메이저
리그를 포기할 정도로 확실한 보상을 해준다면 국내에 남겠
다. 메이저 리그에 가고는 싶지만 그렇다고 마이너 리그에서
고생할 생각은 없다. 만약 이런 이야기를 협상 중인 메이저
리그 구단 앞에서 한다면 해당 구단 관계자들의 기분은 어떨
까요?"

브라이언 최의 강렬한 시선이 안승혁을 지나 박건호를 향
했다. 하지만 박건호는 물론이고 안승혁도 자신은 그들과 다
르다며 브라이언 최에게 화를 내지 못했다.

솔직히 두 사람 모두 막연히 메이저 리그에 가면 좋겠다고
만 생각했다. 정말 메이저 리그에 갈 수 있을지, 간다면 어느
팀에 갈 수 있을지, 어떻게 노력해서 메이저 리그까지 올라갈
지에 대해서는 진지하게 생각해 보지 않았다.

"저는 오늘 두 분과 에이전트 계약을 위해 만난 게 아닙니
다. 물론 두 분이 원하신다면 저는 언제든지 계약할 준비가 되

어 있습니다. 하지만 그 전에 저는 메이저 리그에 진출하려는 두 분의 의지가 확실한지부터 제대로 알고 싶습니다. 물론 두 분은 이런 말이나 들으려고 이 자리에 나온 게 아닐 겁니다. 제 이야기가 마치 모든 걸 두 분에게 떠넘기려고만 한다고 생각하실지도 모르겠습니다. 하지만 저 역시 두 분을 상품이라 여기고 잘 포장해 팔아먹은 뒤 나 몰라라 하고 싶지는 않습니다."

브라이언 최는 잠시 실패한 마이너 리그 선수들의 현실을 들려주었다.

메이저 리그 구단과의 계약이라는 말에 아무 생각 없이 덜컥 계약서에 사인을 했다가 마이너 리그만 전전하고 뒤늦게 한국으로 돌아오려고 해도 제도적인 문제에 발이 묶이고 누구 하나 도와주려 하지 않는 탓에 목숨 같은 야구를 포기하는 이들이 늘어나고 있다며 안타까워했다.

"저는 두 분이 진정 메이저리거가 되길 원한다면 어떤 팀에서 어떻게 성공해 보겠다는 청사진 정도는 그려보길 바랍니다. 무작정 에이전트에게 맡겨놓으면 에이전트는 두 분께 몸에 좋은 키위 주스가 아닌 값비싼 토마토 주스를 가지고 올지도 모릅니다."

브라이언 최는 마지막으로 박건호와 안승혁에게 숙제를 내주었다. 그러면서 아직 메이저 리그 사무국에서 신분 조회 신청이 들어오지 않았으니 드래프트 전까지 여유를 가지고 생각해 보라고 조언했다.

2

"너 알고 있었나?"

"뭐가?"

"신분 조회 신청 말야. 메이저 리그에서 한다는 거."

"당연히 알고 있었지."

"진심? 레알?"

"크흠……."

"하아, 우리 진짜 아직 멀었다. 그 에이전트 말처럼 아무것도 모르고 있잖아. 안 그래?"

박건호는 대답 대신 무겁게 한숨을 내쉬었다. 브라이언 최의 말처럼 메이저 리그를 반짝거리는 선택지 정도로만 여겼다는 사실이 한심스럽게 느껴졌다.

게다가 부모님께 확실한 뜻을 전달해 놓지 않을 경우 부모님의 반대로 메이저 리그 진출이 어려워질 수 있다는 사실도 미처 예상하지 못했다.

"너 어떻게 할래?"

"뭐가?"

"너 집에 여자만 셋이잖아. 그런데 어머니가 허락하실까?"

안승혁의 아버지는 일곱 살 때 교통사고로 돌아가셨다. 그래서 홀어머니가 밤낮없이 일하며 삼남매를 지금껏 키워오셨다.

일곱 살 터울의 큰 누나는 대학도 포기한 채 취직해 안승혁의 뒷바라지를 자처했다.

야구 용품부터 훈련비에 이르기까지 야구 선수 안승혁을 만드는 데 적잖은 돈이 들었지만 큰 누나는 단 한 번도 불만스러워하지 않았다.

세 살 차이인 둘째 누나도 마찬가지. 얼마 되지도 않는 자신의 용돈을 아껴가며 안승혁이 원할 때마다 고기를 사 먹일 만큼 동생 사랑이 끔찍했다.

만약 자신이 안승혁의 입장이었다면 쉽게 메이저 리그에 도전하겠다고 말할 수 있을까.

'나는 못 해.'

박건호가 고개를 저었다. 메이저 리그에 갈 땐 가더라도 일단 국내에 남아 어느 정도는 은혜를 갚아야 마음이 편할 것 같았다.

그러자 살짝 입술을 깨물던 안승혁이 보란 듯이 되받아쳤다.

"그러는 너도 만만치 않거든?"

"우리 집이 뭐?"

"너희 부모님, 너 외박하는 꼴 못 보시잖아?"

"야, 그거하고 이거하고 같냐?"

"뭐가 다른데? 게다가 너희 부모님 두 분 다 장사하시는데 너 같으면 성공을 장담하기 어려운 메이저 리그 가라고 허락하시겠냐?"

"크윽……."

박건호가 질근 입술을 깨물었다. 생각해 보니 지금은 남 걱정할 처지가 아니었다.

"그럼 어쩌라고. 이대로 메이저 리그 포기해?"

"야! 박건호!"

"뭐, 인마!"

"하아……. 아니다. 그래, 고작 그 정도 각오라면 일찌감치 포기하는 게 낫지."

"뭐? 너 지금 말 다했냐?"

"너야말로 그만둘 거면 빨리 그만둬. 옆에 있는 사람까지 기운 빠지게 하지 말고."

"누기 그만둔데? 쉽지 않을 거 같으니까 하는 소리 아냐!"

"그래서? 넌 어쩔 생각인데? 반대하면 메이저 리그 안 갈 거야?"

"그러는 넌?"

"내가 먼저 물었거든?"

박건호와 안승혁의 시선이 매섭게 맞부딪쳤다. 하지만 그것도 잠시. 친구도 자신 못지않게 답답할 거란 사실을 깨닫고는 무겁게 한숨을 내쉬었다.

잠깐의 침묵이 흘렀다. 그러자 박건호가 어색함을 참지 못하고 먼저 입을 열었다.

"우리 일단 이렇게 하자."

"어떻게?"

"아직 메이저 리그에서 신분 조회 요청이 들어오지 않았다고 했잖아. 그런데 우리가 벌써부터 김칫국 마시는 건 좀 그렇지 않냐?"

"그러니까 일단 신분 조회 요청 들어올 때까지는 기다려 보자?"

"그래, 그게 순서니까. 우리가 정말로 메이저 리그에 갈 만한 가능성이 있다면 신분 조회 요청이 들어올 거야."

"그런데 만에 하나 허위로 들어오는 거라면 어떻게 해?"

안승혁이 걱정스러운 표정을 지었다. 실제로 메이저 리그 구단들은 자신이 원하는 선수의 노출을 막기 위해 몇 배수나 되는 다른 선수들의 신분 요청을 한꺼번에 하는 것으로 알려졌다.

정말로 두 사람이 메이저 리그 구단의 관심군에 있다면 다행이지만 만에 하나 다른 선수의 위장용으로 신분 조회가 들어온 것이라면? 진로를 결정하는 일이 더 꼬이고 말 것이다.

"그건…… 일단 신분 조회 요청 들어온 다음에 고민하자."

"그래, 좋아."

박건호와 안승혁은 일단 휴전을 선언했다. 자신의 마음도 확실히 정하지 못했는데 친구에게 닦달할 수는 없다고 여겼다.

하지만 그 휴전은 그리 오래가지 못했다.

"건호야! 승혁아! 너희들 메이저 리그에서 신분 조회 요청 들어왔단다!"

다음 날 아침, 세명 고등학교 측으로 전달된 소식에 밤새 한숨도 못잔 박건호와 안승혁은 어색하게 웃을 수밖에 없었다.

그나마 다행인 건 일종의 허위 주문은 아니라는 점이었다.

"너희들 알지? 내 꿈이 데릭 상민인 거."

"뭐야? 고종범은 때려치운 거야?"

"그건 국내에 남을 때 이야기고. 어쨌든, 그래서 내가 올초부터 짧은 영어 실력 총동원해서 메이저 리그 각 구단 기자들 SNS에 팔로우 신청을 해놨거든? 그런데 오늘 이런 게 뜨더라."

"뭔데?"

"여기 이 사람, 다저스 기자인데 다저스가 한국의 수준급 좌완 투수와 클러치 능력을 갖춘 좌타자에 관심을 가지고 있다고 썼어. 그런데 왠지 이 둘이 꼭 너희들 같단 말이지."

마당발 고상민의 한마디에 박건호와 안승혁의 눈동자가 동시에 커졌다. 하지만 그것도 잠시.

"에이, 그럴 리가."

"네가 잘못 번역한 거겠지."

둘은 약속이나 한 것처럼 손사래를 쳤다.

"야, 실실 쪼개면서 그런 소리 하는 거 아니다. 지금 나 놀리냐?"

고상민이 속 보인다며 한마디 했다. 그러면서도 자신이 찾아낸 박건호와 안승혁에 대한 언급을 전부 찾아서 보여주었다.

"그런데 이름도 안 나와 있는데 우리라고 어떻게 확신하는 거야?"

"멍청아, 너희 둘 포함해서 이번에 신분 조회 요청 들어온 게 몇 명인 줄 아냐?"

"13명 아냐? 코치님이 그렇게 말씀하셨던데?"

"나도 그렇게 들었어."

"그럼 그중에서 투수는 몇 명이고 타자는 몇 명인데? 투수 중에 좌완 투수는 몇 명이고 클러치 능력을 갖춘 좌타자는 몇 명일 거 같은데?"

"허……!"

"넌 그런 것도 알고 있냐?"

"하아, 내가 이래서 니들 메이저로 못 보낸다는 거야. 안 되겠다. 형이랑 계약서 쓰자. 형이 키워줄게."

"헛소리 그만하고 그래서 몇 명인데?"

박건호가 마른침을 꿀꺽 삼키며 물었다. 그러자 잠시 뜸을 들이던 고상민이 씩 웃으며 말했다.

"좌완 투수는 단 두 명. 참고로 투수 랭킹은 네가 더 높아. 너는 9위, 걔는 27위."

"정말?"

"그리고 좌타자는 세 명인데 그중에서 클러치 능력을 갖췄다는 평가를 받을 만한 타자는 안승혁, 너 하나뿐이야."

"그, 근거는?"

"너 올 시즌 득점권 타율이 5할이 넘어, 이 괴물 같은 자식아."

"그게 뭐? 난 타율이 4할에 가까운데."

"듣고 보니 그러네. 승혁이는 타율보다 고작 1할 정도 더 잘 친 것뿐인데 그게 뭐가 대단한 거야?"

"……진심 레알 재수 없는 자식들 같으니."

고상민은 '국내에 얼씬거리지 말고 둘 다 메이저 리그로 꺼져 버려!'라는 말을 남기고 야구부실을 나섰다. 하지만 박건호와 안승혁은 아직까지도 모든 게 얼떨떨하기만 했다.

"이제…… 어쩌지?"

"뭘 어째? 신분 조회 들어오면 메이저 리그 가는 거 아니었어?"

"하아……. 그렇긴 한데 난 아직 머릿속이 하얀데."

"솔직히 나도 마찬가지야. 어제 막 뭐든 생각해 보려고 했는데 겁이 나고 무섭고 그렇다."

"그래서? 포기하게?"

"아니, 엄마랑 누나 생각도 해보고 현실적으로 프로에 진출했다가 해외 진출 자격 얻어서 메이저 리그 도전하는 생각도 해봤거든? 그런데……."

"포기가 안 되냐?"

"너도 그래?"

"난 아직 반반이야. 그런데 난 이번에 메이저 리그 진출 안 하면 큰일 날 것만 같은 생각이 든다."

"뭐야, 그게?"

갑작스럽게 진지해진 박건호를 보며 안승혁이 헛웃음을 흘렸다. 바로 어제까지만 해도 자신 없어 해놓고 이제와 운명 타령을 하고 있으니 꼭 말장난처럼 들렸다.

하지만 박건호는 진심이었다. 어제 밤을 새우며 생각한 결론이 바로 이거였다.

안승혁처럼 박건호도 가장 먼저 가족들의 입장을 생각해 봤다. 그다음으로 메이저 리그에 가서 성공할 수 있을지도 냉정하게 따져 봤다. 그러다 불현듯 그런 생각이 들었다.

'그런데 내가 왜 10년짜리 예지몽을 꾼 거지? 고작 프로에 가서 잘 먹고 잘 살라고? 그럴 거면 갑자기 실력이 쑥쑥 늘어날 필요가 없는 거잖아?'

박건호는 예지몽이 단순이 인생의 길라잡이라고 생각하지 않았다. 정말로 잘못된 선택을 되돌리기 위해 예지몽을 꾼 거라면 굳이 10년이나 되는 장황한 인생 드라마가 펼쳐지진 않았을 것 같았다.

'만약 지난 꿈이 인생 쪽박 버전이라면, 그래서 이번에 인생 대박을 노린다면…… 결국 메이저 리그뿐인 거잖아?'

그렇게 박건호는 꼭 메이저 리그에 가야 하는 이유를 끼워 다 맞췄다. 남들이 들으면 미쳤다고 할 수도 있겠지만 하루에도 수십 번씩 생각을 바꾸는 것보다 아예 운명이라고 여기는 편이 낫다고 판단했다.

"안승혁, 나 지금 농담하는 아냐. 나 오늘 부모님께 말씀 드릴 거다."

"뭐? 정말?"

"그래, 부모님이 반대하시더라도 메이저 리그 간다고 말씀 드릴 거야."

"쉽게 허락해 주실까?"

"죽이 되든 밥이 되든 해보겠다고 하시면 이해해 주시겠지."

"너 그러다 집에서 쫓겨나면 어쩌려고?"

"그럼 바로 너희 집 가야지. 그래서 말인데 넌 내일쯤 말해라. 알았지?"

"후우……. 그래, 친구야. 내가 너를 위해 하루 참으마."

박건호는 집에 가기 전 부모님께 문자를 넣었다. 진로와 관련해 중대하게 논의할 게 있으니 꼭 일찍 퇴근해 달라고 신신당부를 했다.

하지만 부모님은 여느 때처럼 10시가 다 되어서야 집으로 돌아왔다.

"아, 진짜. 빨리 좀 오시라니까요."

"야, 인마. 가게를 네 맘대로 열었다 닫았다 하는 줄 아냐?"

"암튼 빨리 씻고 오세요. 특히 아빠는 발 꼭 씻으시고요."

"거참, 너는 뭐 무좀 안 걸릴 줄 아냐? 너도 금방이야, 인마. 두고 봐. 이거 우리 집안 유전병이니까."

예정보다 한참이 지난 11시가 되어서야 박건호의 가족들이 식탁에 모였다.

"그래서, 하고 싶은 말이 뭔데?"

아버지 박준호가 하품을 하며 물었다. 어머니 김명선은 반쯤 감긴 눈으로 팔로 턱까지 괴고 있었다.

"빨리빨리. 빨리 끝내고 치킨 먹자, 응?"

여동생 박시은은 시작도 하기 전부터 치킨 타령이었다. 박건호가 몇 번이고 닥치라고 눈치를 줬지만 치킨 못 잡아먹어 죽은 귀신이라도 쓰인 것인지 박시은은 좀처럼 입을 다물지 않았다.

"아 진짜! 내 말 좀 들어보라고요!"

참다못한 박건호가 빽 하고 소리를 내질렀다. 그제야 가족들의 시선이 박건호에게 향했다.

"흠흠. 아버지, 엄마. 제가요."

"나는 왜 빼는데?"

"너 조용히 안 할래?"

"칫, 그럼 난 들어간다."

"알았다, 알았어. 박시은! 됐냐?"

"헤헤."

"후우……. 제가요. 졸업하고 어떻게 할지 곰곰이 생각해 봤는데요. 저…… 가능하다면 메이저 리그에 가고 싶어요."

박건호가 한참 만에 속내를 내뱉었다. 그러고는 그 어떤 말에도 흔들리지 않으리라 각오하며 가족들을 바라봤다.

하지만…… 가족들 중 누구도 박건호의 메이저 리그행을 격렬히 반대하진 않았다.

물론 몇 가지 질문은 따라붙었다.

"국내가 아니라 메이저 리그에 가려는 이유는 뭐냐."

"어려서부터 꿈이었어요."

"너희 막냇삼촌 말이 너 잘만 하면 계약금 두둑이 받고 프로 입단할 수 있다던데 알고는 있니?"

"네, 하지만 저는 메이저 리그에서 한번 뛰어보고 싶어요."

"고등학교 졸업하고 미국 가면 힘들다던데. 그 뭐냐, 마이너 리그 거기가 쉽지 않다는 건 알고 있는 거냐?"

"네, 각오하고 있어요."

"너 미국 가면 누가 보살펴 줄 사람 없어. 너 혼자 가서 버텨야 해. 괜찮겠어?"

"네, 괜찮아요."

"오빠, 그럼 계약금도 못 받는 거야?"

"계약금을 왜 못 받아? 잘만 하면 계약금은 국내보다 더 받을 수 있어."

"그럼 나 약속대로 노트북이랑 블랙 엔젤 앨범 사주는 거지?"

"……그래, 콘서트 티켓도 사줄 테니까 입 좀 다물어라."

"흠……. 그래, 그게 네 결정이라면 그렇게 해라."

"그래, 엄마 아빠는 네가 뭘 하든 반대할 생각 없어. 너 처음 야구 한다고 했을 때도 그랬지만 너는 한번 하면 뭐든 열심히 하니까."

"칫, 엄마는 꼭 나 들으라고 말하는 거 같아."

"알면 됐어. 그러니까 치킨 그만 찾고 빨리 들어가서 자."

"아잉~ 엄마. 그러지 말고~"

"박시은, 엄마 두 번 말 안 해. 그리고 건호, 너도 기왕 큰 결정한 거 마음 단단히 먹고. 알았지?"

예상과는 다르게 부모님은 너무도 흔쾌히 메이저 리그행을 허락해 주었다.

심지어 야구광인 막냇삼촌으로부터 5라운드 이내 지명받을 경우 억대의 계약금도 가능하다는 말까지 들었지만 부모님은 흔들리지 않았다.

"네, 고마워요. 아버지, 엄마."

박건호는 자신도 모르게 눈시울이 붉어졌다. 장사가 바쁘다는 핑계로 단 한 번도 경기장을 찾아오지 않았던 부모님이 자신에 대해 많은 걸 알고 계셨을 줄은 미처 예상하지 못했다.

"오빠, 울어?"

"크읍. 안 울어, 인마."

"에이, 우는 거 맞는데? 눈 빨간데? 곧 눈물 떨어지겠는데?"

"너…… 치킨 먹기 싫으냐?"

"아, 아닙니다! 저희 오빠는 절대 눈물을 흘리지 않는 진짜 상 남자입니다!"

"좋아, 멘트가 마음에 든다. 가서 치킨 시켜!"

"오빠님! 기왕 이렇게 된 거 이, 일인일닭 해도 됩니까?"

"다 먹지도 못할 거면서 욕심은. 기분이다. 질러라."

"캄솨합니다~"

그날 저녁 박건호와 가족들은 오랜만에 치킨을 흡입하며 즐거운 시간을 가졌다. 그리고 다음 날, 박건호는 안승혁에게 부모님께 승낙받았다는 사실을 전했다.

"저, 정말이야?"

"그래."

"대체 어떻게……! 비, 비결이 뭐냐?"

"비결이라. 흠……. 이 몸의 믿음직스러움?"

"장난 그만하고 좀 알려줘~"

"정말이야, 인마."

"너 자꾸 이럴 거냐?"

"아, 진짜. 진짜래도."

믿지 못하는 안승혁에게 박건호는 어제 부모님과 나누었던 대화를 상세히 일러주었다. 그러자 안승혁이 부럽다는 눈으로 박건호를 바라봤다.

"너희 부모님 대단하시다. 장사하느라 바쁘실 텐데 아실 건 다 알고 계셨네."

"그러게 말이다. 나도 그것 때문에 어제 울컥했다."

"하아……. 우리 엄마하고 누나도 좀 아는 게 있을까?"

"글쎄. 솔직히 너희 어머니는 거의 모르실 거 같긴 하지만 너희 누나들은 너 엄청 챙기잖아. 또 모르지. 우리 부모님만큼 아실지도."

박건호의 예상은 반만 맞았다.

"메이저 리그라니? 그게 뭐니?"

안승혁의 어머니는 메이저 리그에 대해 아는 게 없었다. 하지만 누나들은 달랐다. 마치 이날을 위해 준비라도 한 것처럼 앞장서서 어머니에게 메이저 리그를 설명하고 안승혁의 미래를 위해 메이저 리그로 보내야 한다고 주장했다.

"그런데 미국에서 살면 돈 많이 들까?"

"엄마는! 그런 거 신경 쓰지 마. 승혁이 생활비는 내가 보태면 돼."

"맞아. 그리고 알아보니까 계약금도 상당히 많이 받더라고. 물론 마이너 리그에서 생활하다 보면 그 계약금으로 버티기 쉽지 않지만 우리 승혁이라면 금방 메이저 리그 선수가 될 거니까 걱정 안 해도 돼. 정 부족하면 나도 과외비 보탤 거니까 엄마는 걱정 한 개도 하지 마."

다음 날, 안승혁은 눈이 빨갛다 못해 퉁퉁 부은 채로 나타났다. 그리고 박건호를 붙잡고는 어제의 감동 스토리를 하나도 빼놓지 않고 털어놓았다.

"너희 집도 장난 아니다."

"나 진짜 우리 누나들한테 감동했어. 이렇게까지 날 챙겨줄 줄은 진짜 생각도 못 했다."

"그런데 좀 무섭다. 너 이러다 장가도 못 가는 거 아니냐?"

박건호가 장난처럼 한마디 내뱉었다. 그러자 안승혁의 얼굴이 살짝 굳어졌다.

"그렇지 않아도 큰누나가 말하더라."

"뭐라고?"

"결혼은 한국 여자랑 하라고."

"이런, 안됐다."

첫사랑의 청첩장이라도 받은 것처럼 허탈함에 빠진 안승혁을 달래며 박건호는 속으로 웃었다.

그렇지 않아도 메간 폭스를 이상형으로 꼽는 안승혁을 서양의 늘씬한 여자에게 빼앗길까 봐 걱정했는데 안승혁의 큰누나가 싹을 잘라줬으니 박시은과 제대로 맺어주겠다는 계획도 문제없을 것 같았다.

"이제 남은 건 숙제뿐인가?"

"젠장, 그게 남았지?"

"그래도 처음보다는 좀 홀가분하지 않냐?"

"하긴, 부모님 허락까지 받는데 못할 게 뭐야. 안 그래?"

"그래, 그럼 내일쯤 약속 잡고 만나자."

사흘 만에 연락을 받은 브라이언 최는 큰 기대 없이 약속 장소로 나왔다. 부모님을 설득하고 자신들의 미래를 확실하게 결정짓기에는 사흘이라는 시간이 짧다고 여겼다.

하지만 먼저 와 기다리고 있는 박건호와 안승혁은 눈빛부터 달라져 있었다.

"두 분 다 마음을 굳히신 모양이네요."

"네, 부모님께 허락도 받았습니다."

"저도요. 그러니까 이제 에이전트 계약해 주세요."

"두 분이 메이저 리그에 도전하기로 결심하셨다니 에이전트의 한 사람으로서 정말 반갑고 고맙습니다. 하지만 에이전트 계약은 굳이 저와 할 필요가 없습니다. 박건호 선수와 안승혁 선수 정도라면 에이전트 하겠다는 사람이 적잖을 테니 조금 더 만나 보고……."

브라이언 최는 한 번 만났다는 이유로 박건호와 안승혁에게 계약을 강요할 생각이 없었다. 그리고 대게 이런 식으로 번갯불에 콩 볶아 먹듯 계약을 치르다 보면 뒤탈이 나게 마련이었다.

그러나 박건호와 안승혁도 무턱대고 브라이언 최에게 에이전트를 봐 달라고 부탁한 게 아니었다.

브라이언 최의 이력은 화려했다. 박병훈과 김현우의 메이저 리그 진출을 도운 1등 공신이라며 여러 차례 신문에 소개될 정도였다.

하지만 박건호와 안승혁은 신문 기사만으로는 부족하다고 여겼다. 그래서 조기하 감독을 찾아가 조언을 구했다. 인맥이 넓은 조기하 감독이라면 브라이언 최에 대해 어느 정도 알고 있을 거라 여겼다.

다행히도 조기하 감독의 대답은 긍정적이었다.

"에이전트를 함부로 믿지는 마라. 하지만 브라이언 최라면 적어도 너희를 등쳐먹는 짓은 안 할 거다."

조기하 감독의 대답까지 들은 뒤에야 박건호와 안승혁은 브라이언 최로 최종 결정을 내렸다. 브라이언 최가 생각하는 것처럼 인정에 휩쓸린 결정은 결코 아닌 셈이었다.

"아뇨, 최브라 형이 해주세요."

"최, 최브라요?"

"최 브라이언은 너무 길어서 줄여봤는데 별로 마음에 안 드세요?"

안승혁의 뻔뻔스런 이름 공격에 브라이언 최의 표정이 살짝 굳어졌다. 그러다 옆에 있던 박건호가 '최브라, 최브라 하니까 최불암 아저씨 생각난다'라고 말을 보태자 다급히 고개를 끄덕였다.

"편한 대로 부르세요. 최, 최브라. 자꾸 들으니 나쁘지 않네요."

"네, 알겠습니다. 브라 형, 앞으로 잘 부탁해요."

"크흠, 성을 뗄 거면 브라이언이라고 불러주시는 게……."

"에이, 외모하고 안 어울려요. 최불암이라면 몰라도."

"……."

브라이언 최의 이름 덕분에 자리는 금세 화기애애해졌다. 하지만 그 분위기도 오래가진 않았다. 메이저 리그라는 현실적인 이야기들이 나오자 세 사람의 표정이 다시 진지하게 변했다.

"일단 제가 확인한 메이저 리그 스카우터들의 평가는 생각만큼 나쁘지 않습니다. 물론 그렇다고 해서 당장 메이저 리그에서 통할 거라는 평가는 나오지 않았습니다. 박건호 선수와 안승혁 선수 모두 마이너 리그에서 담금질이 필요하다는 의견이 대부분입니다. 아울러 잠재력까지 포함했을 때 박건호는 하위 선발이나 쓸 만한 불펜 투수가 될 거라는 평가가 우세합니다. 안승혁 선수는 장타력과 정확도가 좋지만 어디까지나 고교 레벨에서 이룬 결과이고 주 포지션의 경쟁력이 떨어진다는 의견이 많습니다."

브라이언 최는 일단 현시점에서의 박건호와 안승혁에 대한 시장의 평가부터 일러주었다.

두 선수 모두 현 고교 야구에서는 라이징 스타로 떠오르고 있었다. 국내 프로 구단들도 뒤늦게 박건호와 안승혁의 지명을 놓고 고심할 정도였다.

하지만 세계 최고의 무대라 불리는 메이저 리그를 기준으로 본다면 이야기는 달랐다. 냉정하게 말해 키워볼 만한 유망주, 그 이상도 이하도 아니었다.

브라이언 최가 슬쩍 박건호와 안승혁의 표정을 살폈다. 기대보다 박할지도 모르는 평가에 기가 죽는 건 아닌가 걱정이 됐다.

그러나 박건호는 물론이고 안승혁도 대수롭지 않게 현실을 받아들였다.

"그런데, 브라 형. 둘 중에 누가 더 평가가 좋아요?"

"박건호 선수보다는 안승혁 선수의 점수가 조금 더 높긴 합니다만 큰 차이는 없습니다. 오히려 메이저 리그에 올라가는 건 박건호 선수가 더 빠를지 모릅니다."

"아시아 타자들에 대한 평가는 여전히 박한가요?"

"정확하게 말하자면 한국의 고교 야구를 졸업하고 메이저 리그에 진출한 타자들에 대한 평가가 높지 않다고 봐야 합니다. 그들 중에 성공한 예는 추신우 선수 한 명뿐이니까요. 게다가 추신우 선수도 마이너 리그 생활을 제법 오래 했고요."

추신우 이야기가 나오자 안승혁이 눈을 반짝였다. 한국이 낳은 최고의 메이저 리그 타자로 꼽히는 추신우는 안승혁이 오래전부터 동경해 온 영웅 중 한 명이었다.

그런 추신우도 무려 4년간 마이너 리그에 머물렀다. 이후에도 4년간은 자리를 잡지 못하고 메이저 리그와 마이너 리그를 오가는 생활을 해야 했다.

추신우와 안승혁의 재능을 단순 비교할 수는 없겠지만 만약 둘의 재능이 비슷하다면 안승혁 또한 추신우만큼의 고난의 시간을 보낼 가능성이 높았다.

하지만 안승혁은 각오가 되어 있다며 단단히 고개를 끄덕였다. 한 계단, 한 계단. 추신우처럼 차근차근 올라가 메이저 리그를 노리겠다는 게 안승혁의 메이저 리그 입성 계획이었다.

"박건호 선수는 안승혁 선수보다는 빨리 주목을 받을 겁니다. 하지만 일찍 기회가 주어진다는 게 꼭 좋은 것만은 아닙니다. 그만큼 더욱 철저하게 준비해야 할 테니까요."

쓸 만한 투수가 부족하다는 불평불만은 국내 야구에만 국한되는 게 아니었다.

세계 최고의 리그라 불리는 메이저 리그에도 쓸 만한 투수는 언제나 부족했다. 그중에서도 쓸 만한 좌완 투수는 더욱 귀했다.

브라이언 최는 안승혁보다 박건호를 원하는 구단이 더 많을 거라 여겼다.

박건호처럼 훌륭한 체격에 최고 구속 157㎞/h의 빠른 공을 던질 줄 아는 투수는 메이저 리그에서도 찾기 어려웠다.

어떤 팀을 선택하느냐에 따라 다르겠지만 생각보다 이른 시간에 메이저 리그에 입성할 가능성도 다분해 보였다.

문제는 박건호의 가치였다. 세명 고등학교의 사정상 전반기를 통째로 날리면서 선발 투수 박건호에 대한 가치 평가가 제대로 이루어지지 않고 있었다.

박건호는 전국 대회에서 3승을 올렸다. 고교 최강이라는 신인 고등학교와 그에 견줄 만한 광일 고등학교를, 그것도 에이스 간의 맞대결 승부에서 잡아냈으니 실력은 어느 정도 입증이 됐을 것이다.

문제는 꾸준함. 고작 두 달, 세 번의 경기를 가지고 박건호가 꾸준히 좋은 성적을 거둘 거라 기대하는 메이저 리그 구단이 많을 리 없었다.

반면 안승혁은 입장이 달랐다. 박건호처럼 올해 반짝 두각을 보인 게 아니라 2학년 때부터 꾸준히 주전으로 활약해 왔기 때문에 어느 정도 예상 몸값이 형성되어 있었다.

많은 돈을 받는 선수에게 더 많은 기회를 주는 건 마이너 리그도 마찬가지였다. 아울러 에이전트의 가장 큰 덕목은 소속 선수에게 최대한의 돈 보따리를 안겨주는 것이었다.

그런 점에서 브라이언 최는 안승혁보다 박건호의 계약에 조금 더 비중을 두었다.

안승혁의 계약 조건은 구단별로 큰 차이가 없겠지만 박건호는 구단마다 전혀 다른 제안서가 날아들 것 같았다.

'그건 그렇고 두 선수의 1순위 희망 구단이 같군.'

시키지도 않았는데 박건호와 안승혁은 자신이 가고 싶은 구단을 3개씩 적어왔다.

박건호는 1순위로 다저스를 꼽았다. 2순위는 자이언츠. 3순위는 에인절스였다. 공교롭게도 세 팀 모두 캘리포니아에 자리를 잡고 있었다.

안승혁도 박건호처럼 1순위로 다저스를 올려놓았다. 한국 메이저 리그 선수들이 활약했던 구단이라는 프리미엄이 박건호와 안승혁 모두에게 긍정적으로 작용한 것 같았다.

하지만 2순위 이후로 겹치는 구단이 없었다. 안승혁의 2순위는 레드삭스였다. 그리고 3순위는 양키즈. 하나같이 역사와 전통을 갖춘 팀이었다.

"박건호 선수가 다저스를 선호하는 이유는 역시나 커쇼 때문이죠?"

브라이언 최가 박건호를 바라봤다. 박건호가 슬레이튼 커쇼를 동경하고 있으며 야구부 내에서 건쇼라 불린다는 것 정도는 이미 파악이 끝난 상태였다.

"네."

박건호가 군말 없이 고개를 끄덕였다. 그러나 슬레이튼 커쇼가 있는 다저스에 가고 싶은 진짜 이유는 브라이언 최가 생각하는 것과는 조금 달랐다.

"커쇼와 함께 다저스의 우승에 일조하고 싶은 건가요?"

"그것도 좋지만…… 지금 메이저 리그 최고 투수는 누가 뭐래도 슬레이튼 커쇼잖아요?"

"……?"

"커쇼만 제치면 된다 이거죠."

박건호의 너스레에 브라이언 최가 너털웃음을 흘렸다. 설마하니 박건호가 진심으로 하는 말은 아닐 것이라고 여겼다.

메이저 리그를 꿈꾸는 투수 유망주들 중 상당수가 제2의 슬레이튼 커쇼를 꿈꿨다.

메이저 리그에 올라가기만 하면 슬레이튼 커쇼보다 더 나은 투수가 될 자신이 있다고 떠들어 대는 이도 한둘이 아니었다.

하지만 아직까지도 슬레이튼 커쇼는 메이저 리그 최고의 투수였다. 다소 기복이 있긴 했지만 현역 최강, 우주 최강이라는 수식어가 허락된 건 슬레이튼 커쇼뿐이었다.

물론 브라이언 최도 박건호가 열심히 노력해서 메이저 리그에 안착하길 바랐다.

그러나 지금 가진 데이터만으로는 박건호가 슬레이튼 커쇼를 능가하는 투수가 될 거라는 확신이 부족했다. 아니, 솔직히 말하자면 없었다.

'이러다 계약금 때문에 틀어지는 건 아닌지 모르겠군.'

브라이언 최는 박건호가 자신의 가치를 지나치게 높이 평가하고 있을까 봐 걱정했다.

만에 하나 박건호가 작년부터 메이저 리그 진출을 준비해 왔던 강승현급의 조건을 원한다면 골치 아파질 수밖에 없었다.

박건호를 강승현처럼 포장하는 스캇 보라스나 제이 지 같은 슈퍼 에이전트들에게도 쉽지 않은 일이었다.

"일단은 며칠 말미를 주십시오. 일단 두 분이 원하는 구단들을 중심으로 대화를 나눠보도록 하겠습니다."

그로부터 일주일간 브라이언 최는 메이저 리그 구단들로부터 기본적인 계약 조건들을 전달받았다.

박건호와 안승혁 모두 탈고교급 재능을 갖췄지만 인지도가 떨어지다 보니 처음부터 좋은 조건을 제안하는 구단은 없었다.

협상의 여지를 남겨놓은 구단도 손에 꼽을 정도고 나머지는 거의 날로 먹으려고 들었다.

브라이언 최는 일차적인 제안들을 정리해 드래프트 전날 다시 자리를 마련했다.

"일단 안승혁 선수에게 가장 좋은 제안을 한 구단은 컵스입니다. 1차 제시액은 30만 달러 정도입니다."

브라이언 최는 일단 안승혁의 계약 진행 상황부터 언급했다. 박건호에 비해서 꾸준히 활약을 펼쳐 온 덕분에 6개 구단에서 추가적인 논의가 가능할 만한 계약을 제안해 왔다.

그중에 선두는 컵스. 한국의 유망주들을 데려가는 데 망설임이 없는 구단 중 하나였다.

"다저스나 레드삭스, 양키즈는 없나요?"

"일단 레드삭스 쪽에서는 좋은 답변을 얻어내지 못했습니다. 죄송합니다. 그리고 양키즈는 다시 한번 이야기 중에 있습니다."

"그럼 다저스는요?"

"다저스는 세 번째로 좋은 제안을 했습니다. 마이너 리그부터 시작해야 한다는 내용에는 큰 차이가 없습니다. 다만 다저스의 단장이 바뀌면서 과잉 투자를 자제하고 있는 상황입니다."

브라이언 최가 다저스로부터 온 제안서를 안승혁에게 보여주었다. 영문으로 작성된 탓에 안승혁이 알아볼 수 있는 건 숫자들뿐이었다.

"20만 달러인가요?"

"네, 몇 가지 옵션을 추가해 줄 수 있다는 답변을 받긴 했습니다만 그렇다 해도 컵스보다 더 좋은 조건이 될지는 장담하기 어렵습니다."

"그래도 컵스는 별로 가고 싶지 않아요."

안승혁이 굳은 얼굴로 말했다. 유망주들의 무덤이라 불리는 컵스다. 그곳에 간들 제대로 된 기회나 잡을 수 있을지 의문이었다.

"저 역시 같은 생각입니다."

브라이언 최도 수긍하듯 고개를 끄덕였다. 컵스가 가능성 있는 유망주들에게 적극적으로 손을 내미는 이유 중에는 다른 구단이 잭팟을 터뜨리지 못하게 하려는 꼼수도 숨겨져 있었다.

"두 번째 구단은 어디예요?"

박건호가 슬그머니 대화에 끼어들었다.

"에인절스입니다. 계약금은 28만 달러. 추후 협상 여부에 따라 컵스보다 더 좋은 조건이 나올 여지도 충분합니다."

브라이언 최가 기다렸다는 듯이 말을 받았다. 쓸 만한 좌익수를 찾지 못해 몇 년째 고생 중인 에인절스라면 안승혁도 충분히 도전해 볼 만하다 여겼다.

물론 그러기 위해서는 안승혁의 포지션 변경이 필수였다. 다행히도 안승혁 역시 1루를 고집하며 메이저 리그 데뷔를 늦출 생각은 없었다.

"1루야 나중에 실력으로 빼앗으면 되니까요."

지금도 야구부에 남아 외야 수비 훈련을 받고 있는 만큼 마이너 리그의 담금질을 거친다면 에인절스의 좌익수 자리에 안 승혁의 이름 석 자가 박히게 될 가능성도 배제하기 어려웠다.

"흠……. 에인절스라."

안승혁도 나쁘지 않다며 한참 동안 고개를 주억거렸다.

입맛 따라 골라갈 수 있는 슈퍼스타가 아닌 이상에야 선호 구단이 아니라는 이유만으로 에인절스의 제안을 무시할 수는 없는 노릇이었다.

안승혁이 잠시 생각에 빠진 사이 브라이언 최의 시선이 박 건호에게 향했다.

"박건호 선수는 10개 구단에서 관심을 보였습니다. 대부분 좌완 투수가 필요한 구단이고 어느 팀에 가더라도 어느 정도 기회는 보장받을 수 있을 것 같습니다. 다만……."

"조건이 나쁜가요?"

"솔직히 지금 당장 박건호 선수에게 내놓을 만한 조건을 제 안한 구단이 없습니다. 더 솔직하게 말씀드리자면 대부분이 계약금 없는 마이너 리그 계약을 원하고 있습니다."

메이저 리그 구단과 계약을 한다고 해서 40인 로스터를 보 장받는 메이저 리그 계약을 할 수 있는 건 아니었다.

드래프트를 통해 뽑힌 선수도 마이너 리그에서 시작하는 마당에 한국에서 가능성만 보고 데려온 유망주에게 메이저 리 그 계약을 보장할 구단은 없었다.

박건호도 그 정도는 보고 들어서 알고 있었다. 그래도 내심 안승혁처럼 계약금이 포함된 마이너 리그 계약이 들어오길 원했다.

그런데 계약금도 없는 마이너 리그 계약이라니. 그야말로 밑바닥부터 철저하게 굴러야 한다는 의미였다.

"후우⋯⋯."

박건호의 입에서 절로 한숨이 흘러나왔다. 어느 정도 각오는 하고 있었지만 막상 최악의 상황이 현실이 되니 답답함이 밀려들었다.

그러자 브라이언 최가 걱정할 것 없다며 박건호를 달랬다.

"그런 형편없는 조건을 받아들이려고 박건호 선수의 에이전트를 맡은 게 아니니 안심하세요. 지난번에도 말씀드렸지만 박건호 선수에 대한 스카우터들의 평가는 안승혁 선수에 준할 정도로 좋습니다. 그러니 서두르지 말고 천천히 계약을 진전시켰으면 합니다."

브라이언 최는 계약 조건을 높이는 하나의 방법으로 드래프트 참가를 요청했다.

"내일 신인 드래프트에 참석하라고요?"

"제 예상이 틀리지 않다면 아마 5라운드 이내에 박건호 선수가 호명될 가능성이 높습니다. 메이저 리그 스카우터들이 보는 걸 국내 스카우터들이라고 해서 못 보진 않을 테니까요."

"그럼 국내 구단하고 계약해야 하는 건가요?"

"아닙니다. 메이저 리그 진출을 선택하셔도 상관없습니다. 물론 지명을 받고 거부하면 2년간 드래프트 참가가 제한되지만요."

"아……."

"박건호 선수가 참석하지 않는다고 해서 지명이 안 되는 일은 없을 겁니다. 하지만 하위 순번으로 밀릴 가능성이 높습니다. 아무래도 저와 에이전트 계약을 체결했다는 사실이 노출됐을 테니까요."

"그러니까…… 여차하면 국내에 잔류할 수도 있다, 뭐 이런 건가요?"

이번에는 안승혁이 끼어들었다. 그러자 브라이언 최가 가볍게 고개를 끄덕거렸다.

"자국의 드래프트에서도 외면받는 선수라면 메이저 리그에서도 생각이 달라질 겁니다. 하지만 박건호 선수가 상위 라운드에 호명된다면 이야기가 달라지겠죠."

"그럼 저도 같이 갈까요?"

"그렇지 않아도 부탁드릴 생각이었습니다."

"하하, 이거 왠지 떨리는데요?"

박건호와 안승혁은 브라이언 최의 조언대로 드래프트가 열리는 호텔로 향했다. 주변에서 고까운 시선들이 쏟아졌지만 세명 고등학교 3학년들과 함께 자리한 탓에 크게 신경 쓰이진 않았다.

"건호야, 나 떨고 있냐."

"그만 좀 떨어, 인마. 나까지 떨리잖아."

"으으, 미치겠다. 어제 잠 한숨도 못 잤어. 나 이러다가 떨어지면 어떻게 하냐?"

드래프트에 참석한 고상민과 한승렬, 안상원, 이신영은 하나같이 불안함을 감추지 못했다. 어찌나 초조해하던지 계약 조건 좀 높여보겠다고 이 자리에 참석한 게 미안할 정도였다.

하지만 그것도 잠시.

"3라운드에서 위즈가 지명할 선수는, 세명 고등학교 박건호 선수입니다."

3라운드 시작과 동시에 이름이 불리자 박건호도 표정 관리가 되지 않았다. 어느 팀이든 상관없이 최대한 빨리 호명되길 바랐는데 3라운드에서 지명을 받게 될 줄은 몰랐던 것이다.

신인 드래프트 전체 21번째. 1차 지명까지 포함하면 31번째.

위즈가 투자에 인색한 구단이긴 하지만 이 정도면 억대 계약금도 충분해 보였다.

안승혁도 3라운드에서 베어스의 지명을 받았다. 당초 현장의 예상은 박건호와 마찬가지로 7라운드 이후 지명이었지만 위즈의 과감한 결단에 베어스도 자극을 받고 만 것이다.

하지만 박건호와 안승혁은 끝까지 웃지 못했다. 하위 라운드 지명을 기대했던 세명 고등학교 예비 졸업생 전원이 호명을 받지 못했기 때문이다.

"고생했다. 애들은 내가 잘 다독일 테니 너희는 먼저 가 봐라."

조기하 감독이 씁쓸히 웃으며 박건호와 안승혁을 먼저 돌려보냈다. 나머지 선수들 중 한두 명이 더 지명을 받았다면 모르겠지만 지금 상황에서 함께 식사를 하고 대화를 나누는 건 무리일 것 같았다.

"네, 감독님."

"먼저 가 보겠습니다."

박건호와 안승혁도 굳은 얼굴로 호텔을 나섰다. 그들을 브라이언 최가 밝게 웃으며 기다리고 있었다.

"두 분 다 수고하셨습니다. 잘하면 3라운드까지 노려볼 만하다 생각했는데 두 분 다 3라운드에서 지명될 줄은 몰랐습니다."

브라이언 최는 드래프트 결과에 만족스러워했다. 국내 스카우터들의 기준과 메이저 리그 스카우터들의 기준이 다르다곤 해도 3라운드 지명자라는 가치만큼은 쉽게 깎아내리지 못할 것이라 여겼다.

아니나 다를까.

-박건호 선수와의 계약에 대해 다시 대화를 나눌 수 있기를 바랍니다.

형편없는 계약 조건을 던져 놓고 배짱을 부리던 구단들이 먼저 연락을 취해왔다. 고작 돈 몇 푼 아끼려다 최고 구속 157km/h를 던지는 좌완 파이어볼러를 놓칠 수도 있다는 위기감을 느낀 것이다.

덕분에 브라이언 최도 새로운 제안들을 검토하고 협상하느라 눈코 뜰 새 없이 바빠졌다.

"보내주신 계약 조건 잘 받았습니다. 확실히 지난번보다 박건호 선수를 제대로 봐 주셨다는 느낌이 들었습니다."

-하하, 지난번 계약 조건은 다른 선수에게 보내려던 것과 뒤바뀐 것입니다. 그러니 오해하지 않았으면 좋겠습니다.

"분명 좋은 조건입니다만 오리올스와 계약하기에는 몇 가지 아쉬운 점이 있어서 연락 드렸습니다. 일단 계약금부터 이야기를 해야 할 것 같습니다."

-계약금이라. 우리보다 더 나은 조건을 제안한 구단이 나

왔나 보죠?

"그건 말씀드릴 수 없지만 더 많은 계약 조건을 제안한 구단이 있는 건 사실입니다. 하지만 단순히 계약금 하나만 놓고 계약을 맺으려 했다면 제가 이렇게 전화를 걸지는 않았을 테죠."

—흠……. 그 구단에서 얼마를 말했는지는 모르겠지만 우리의 제안도 나쁘지 않다고 생각합니다.

"계약금 조정이 어렵다면 몇 가지 옵션을 추가하는 건 어떨까요?"

—옵션이라. 구체적으로 말씀해 보세요.

"그러니까……."

브라이언 최는 현실적으로 박건호에게 도움이 될 만한 옵션들을 제안했다. 개인 트레이너와 통역, 수준급 기숙사까지. 구단을 상대로 하나라도 더 많은 걸 얻어내려 애썼다.

그 과정에서 대부분의 구단이 계약을 포기했다. 그리고 최종적으로 남은 2개의 구단이 박건호 쟁탈전에 돌입했다.

다저스, 그리고 자이언츠.

공교롭게도 박건호가 선호도 1, 2위로 꼽은 구단들이었다.

계약금은 자이언츠가 조금 더 높았다. 최종적으로 38만 달러를 제안해 다저스보다 3만 달러가 더 많았다.

반면 브라이언 최의 요구 사항들은 다저스 쪽에서 보다 적극적으로 수용해 주었다.

"선택은 박건호 선수의 몫입니다."

최종적으로 정리된 두 제안서를 내려놓으며 브라이언 최가 박건호를 바라봤다. 그러자 박건호가 큰 고민 없이 다저스의 제안서를 집어 들었다.

"제가 이걸 선택해도 괜찮은 거죠?"

"물론입니다."

"정말 괜찮으신 거죠?"

"에이전트 피는 걱정하지 않으셔도 됩니다. 단순히 큰돈을 벌려고 했다면 두 분과 계약하지도 않았을 테니까요."

계약 시 브라이언 최가 받기로 한 에이전트 피는 계약금의 5퍼센트. 계약금 차액만 놓고 계산했을 때 170만 원 정도를 손해 보는 셈이었다.

하지만 브라이언 최는 진심으로 박건호의 선택을 존중하고 반겼다. 자신이 원하는 구단에서 나쁘지 않은 조건으로 뛰게 될 기회를 얻었으니 박건호의 메이저 리그 성공 가능성도 그만큼 높아질 것이라고 여겼다.

"안승혁 선수는 어떻게 하시겠습니까?"

"저는…… 조금 더 생각해 보겠습니다."

"그렇게 하십시오. 부담 갖지 마시고 안승혁 선수의 마음이 가는 대로 선택하십시오."

안승혁 앞에 최종적으로 놓인 제안서는 총 세 장이었다.

초반부터 컵스 다음으로 좋은 조건을 제안했던 에인절스, 박건호와 함께 영입할 의사가 있다고 전달해 온 다저스, 그리고 뒤늦게 끼어들어 만만찮은 조건을 제시한 매리너스.

그중 안승혁이 고민하는 건 에인절스와 다저스였다.

에인절스는 최종적으로 50만 달러에 달하는 계약금을 제안하며 안승혁에 대한 욕심을 드러냈다.

유망주들을 돈으로 쓸어 담는 게 취미인 컵스조차 에인절스의 제시액을 듣고는 고개를 흔들 정도였다.

반면 다저스는 계약금 40만 달러 이상은 어렵다는 입장이었다. 브라이언 최가 요구하는 추가 요구 사항을 대부분 수용해 주긴 했지만 계약금만큼은 쉽게 양보하려 들지 않았다.

"건호야, 너라면 어떻게 할래?"

"나라면?"

"그래, 네가 내 입장이라면 에인절스로 갈래, 아니면 다저스로 갈래?"

"10만 달러면 1억이 넘는 돈이잖아. 안 그래? 그 정도 차이면 에인절스가 더 낫지 않아?"

"그래도 미국 가서도 같이 뛰는 게 좋지 않겠어?"

"나도 너하고 같은 팀에서 뛰고 싶은 마음은 있지. 하지만 그건 메이저 리거가 된 다음에 고민해도 늦지 않다고. 우리가 루키 리그에서 뛸지 싱글 에이에서 뛸지 모르는데 벌써부터 같은 팀 타령 하는 건 좀 이르지 않냐?"

"흠……. 그런가?"

"게다가 나는 투수고 넌 야수인데 훈련이 겹칠 것 같지도 않고. 그저 오가며 얼굴 한 번 더 보겠다고 10만 달러를 포기하는 건 좀 아닌 것 같다."

이틀을 더 고민한 뒤 안승혁은 에인절스에 가기로 결정을 내렸다. 돈도 돈이지만 지명타자 제도가 있는 에인절스에 가야 조금이라도 더 타석에 들어설 수 있는 기회가 생기지 않겠느냐는 박건호의 조언에 아메리칸 리그 쪽으로 마음을 굳혔다.

"그럼 제가 마지막으로 계약 사항을 정리하도록 하겠습니다."

브라이언 최가 협상을 마무리 짓는 동안 박건호와 안승혁은 메이저 리그에 대비한 훈련에 들어갔다.

따악!

안승혁은 매일같이 155㎞/h가 넘는 배팅 볼을 때려냈다. 올 시즌 메이저 리그에 진출했다 고전한 박병훈과 김현우처럼 빠른 공을 때려내지 못하면 승산이 없다고 판단한 것이다.

"승혁! 늦어! 늦다고!"

스티브 코치는 자청해서 안승혁의 훈련을 도왔다. 배팅 볼은 아무리 빨라도 살아 있는 투수의 공에 비할 수 없다며 피칭 머신을 조금씩 홈 플레이트 쪽으로 이동시켜 안승혁을 진땀나게 만들었다.

박건호의 옆에도 하리모토 코치와 크리스 코치가 달라붙었다.

"건호, 움직임이 둔해졌어. 대체 밤마다 뭘 먹고 있는 거야?"

하리모토 코치는 평소처럼 박건호의 컨디션과 밸런스를 체크했다. 미국에 가서도 이런 식이면 메이저 리그는 밟아보지도 못하고 짐을 싸게 될 거라며 전국 대회를 준비할 때보다 더 독하게 박건호를 몰아붙였다.

"메이저 리그의 공인구는 한국의 공인구와는 달라. 조금 더 미끌미끌하지."

크리스 코치는 메이저 리그에서 쓰는 공인구와 로진백을 공수해 와 박건호의 적응을 도왔다. 투수는 감각에 예민한 만큼 미리미리 익숙해지는 편이 도움이 될 것이라고 말했다.

처음에는 고개를 갸웃거리던 박건호도 막상 메이저 리그 공인구를 던져 보자 표정이 달라졌다.

"와…… 이거 진짜 미끄러운데요?"

"익숙해지는 데까진 시간이 걸릴 거야. 그러니까 하나하나 손가락의 감각을 살려가며 던지라고. 한국에서 던지던 느낌은 일단 버려야 해."

크리스 코치의 조언대로 박건호는 처음 마운드에 섰을 때처럼 일구, 일구를 신중하게 던졌다. 그 과정을 열흘 가까이 반복하고서야 겨우 메이저 리그 공인구에 익숙해지기 시작했다.

하지만 크리스 코치는 그 정도로 만족해서는 안 된다고 잘라 말했다.

"이제 포심 패스트볼 하나 익숙해졌을 뿐이야. 커브를 한번 던져 봐. 그럼 갈 길이 멀다는 걸 알게 될 테니까."

박건호는 크리스 코치의 말대로 커브 그립을 잡고 힘껏 공을 내던졌다. 목표는 한복판 스트라이크. 그러나 공은 생각보다 훨씬 높게 날아가더니 홈 플레이트 근처에 가지도 못하고 고꾸라져 버렸다.

"자, 잠깐만요. 손이 미끄러졌어요."

민망한 마음에 다시 한번 커브를 던졌지만 마찬가지였다.

"저거 예전에 건호가 던지던 커브인데요?"

박건호의 훈련을 돕던 안상원이 헛웃음을 흘렸다. 투구 폼을 바꾼 이후에는 그나마 봐줄 만했던 커브가 말 그대로 똥볼이 되어 있었다.

"건호! 내가 말했잖아. 다시 감각을 찾아야 해. 네가 기억하던 것들은 잊어버리라고."

"코치님, 저 그냥 커브 포기하면 안 될까요?"

"무슨 바보 같은 소리야! 메이저 리그에서 커브는 기본이라고. 커브를 던지지 못하는 투수는 투수가 아냐! 그러니까 잔말 말고 던져!"

크리스 코치의 독려 속에 박건호는 다시 커브 그립을 쥐었다. 이렇게 공을 잡고 있을 때까지는 느낌이 나쁘지 않은데 막상 릴리스 순간에 공을 채려고만 하면 손에서 허무하게 빠져나가 버렸다.

그 허무함을 없애기까지 거의 한 달 가까운 시간이 걸렸다. 그리고 그사이 다저스의 월드 시리즈 도전도 끝이 나고 말았다.

내셔널 리그 서부 지구 1위에 오른 다저스가 디비전 시리즈에서 내셔널스를 3승 2패로 따돌리고 챔피언십 시리즈에 진출할 때까지만 해도 분위기는 좋았다.

내셔널 리그 최강 팀인 컵스를 상대로 시리즈 스코어 2 대 1로 앞서갈 때는 슬레이튼 커쇼의 오랜 한을 풀 수 있을 것이라는 긍정적인 전망들까지 쏟아졌다.

하지만 정작 월드 시리즈에 진출한 건 컵스였다. 다저스가 6차전에서 에이스 슬레이튼 커쇼를 내보내며 배수의 진까지 쳐 봤지만 컵스의 상승세를 꺾지 못했다.

"아쉽게 됐다. 다저스가 우승했다면 좋았을 텐데."

"아쉽긴 뭐가 아쉬워? 난 아직 다저스 스타디움도 못 봤는데."

"그건 그렇고 이제 며칠 안 남았다."

"그러게. 이제 곧 미국에 간다니까 괜히 떨리네."

다저스 측의 요청으로 박건호의 입단식은 월드 시리즈 이후로 미뤄진 상태였다.

그리고 안승혁 역시 국내에서 조금 더 몸을 만들고 가겠다는 이유를 들어 월드 시리즈 이후로 일정을 미뤄놓았다.

앞으로 열흘 후면 월드 시리즈 우승 팀의 윤곽이 드러날 것이다. 그리고 일주일 정도가 더 지나면 박건호와 안승혁은 각자의 팀에서 훈련하느라 서로 얼굴을 마주하기 어려워질 것이다.

"오랜만에 한판 어때?"

"피곤해, 인마."

"야, 빼지 말고 한판 하자. 배팅 볼만 치는 거 지겨워 죽겠어."

"네가 햄버거 사면 생각해 보고."

"콜."

"좋아, 대신 알아서 잘 피해라. 내 공이 어디로 갈지 모르니까."

박건호가 텅 빈 마운드에 올라섰다. 그러자 안승혁이 씩 웃으며 타석에 들어섰다.

그렇게 오랜만에 에이스와 4번 타자의 맞대결이 시작됐다. 그리고 그 맞대결이 네 차례 더 반복된 뒤 박건호와 안승혁은 LA로 떠나는 비행기에 몸을 실었다.

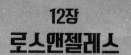

12장
로스앤젤레스

1

"건호야, 우리 승혁이 잘 부탁해."

"그래, 건호야. 승혁이한테 무슨 일 있으면 꼭 연락 주고. 알았지?"

공항까지 따라온 안승혁의 누나들이 박건호를 붙잡고 신신 당부했다.

안승혁이 서로 다른 팀으로 간다는 말을 몇십 번 반복했지만 못 알아들은 건지 상관없다는 건지 박건호에게 안승혁을 맡기려 들었다.

안승혁은 극성스런 누나들이 창피하다며 저만치 도망쳤

다. 하지만 박건호는 회사에 월차를 내고 학교 수업까지 빼먹어 가며 동생을 배웅해 주는 누나들을 둔 안승혁이 부럽기만 했다.

"알았어요. 승혁이하고 미국 가서도 잘 지낼 테니까 걱정 마세요."

박건호가 웃는 얼굴로 안승혁의 누나들을 안심시켰다. 어차피 미국에 가면 연락할 사람이라곤 안승혁밖에 없었다. 게다가 나중에 안승혁과 박시은을 엮기 위해서라도 안승혁의 누나들에게 잘 보여둘 필요가 있었다.

"이제 들어가시죠."

때가 되자 브라이언 최가 앞장서서 걸음을 옮겼다. 박건호와 안승혁은 브라이언 최의 뒤만 졸졸 쫓아다녔다.

둘 다 해외여행은커녕 비행기를 타보는 것도 처음이다 보니 모든 게 낯설기만 했다.

"LA까지 몇 시간 걸려요?"

"11시간 30분입니다."

"그럼 낮과 밤이 완전히 바뀌는 거예요?"

"두 분은 젊으니까 금방 적응하실 겁니다."

좌석에 앉은 브라이언 최는 태블릿을 꺼내 다시 계약 내용을 살폈다. 선수가 계약서에 사인하기 전까지 최대한 많이 의심하고 체크하는 게 바로 에이전트의 역할이었다.

'이 부분은 다시 한번 제대로 말하고…….'

브라이언 최는 확답이 필요한 부분을 전부 체크했다. 아울러 추가적으로 더 끼워 넣을 수 있는 조건이 있을지 고민했다.

그사이 비행기 구경이 끝난 박건호와 안승혁은 기다렸다는 듯이 숙면에 빠져들었다.

"비행기에서도 잘 자는 거 보니까 다행이네."

브라이언 최가 피식 웃었다. 메이저 리그에 올라가려면 아직 멀긴 했지만 적어도 메이저 리그에 올라가서 비행 때문에 스트레스를 받을 것 같진 않아 보였다.

'그나저나 다저스가 딴소리하지 말아야 할 텐데…….'

잠시 안승혁을 향했던 브라이언 최의 시선이 박건호 쪽으로 향했다. 입단식 날짜까지 잡힌 상태였지만 아직 박건호의 계약에는 위험 요소가 남아 있었다.

에이전트의 느낌상 안승혁과 에인절스의 계약은 별문제 없이 마무리될 것 같았다.

에인절스는 안승혁에 대해 많은 걸 알고 있었다. 중학교 시절 때부터 지켜봤다는 게 농담처럼 들리지 않을 정도였다. 그래서 안승혁에 대한 의심이 거의 없었다.

28만 달러의 계약금이 50만 달러까지 오르는 동안에도 별다른 불평조차 하지 않았다.

반면 박건호와 다저스의 계약 때는 꼭 무슨 일이 생길 것 같은 느낌이 들었다. 계약의 주체가 파렌 자이디 단장이 아니기 때문이다.

앤디 프리드먼 사장이 오면서 단장 자리에 앉은 파렐 자이디는 애당초 박건호를 높이 평가하지 않았다. 같은 한국인 메이저리거 류현신의 장기 이탈 때문인지는 몰라도 박건호와의 계약에 부정적인 입장을 고수했다.

하지만 현지 스카우터와 부단장 제리 맥기가 박건호와의 계약을 밀어붙이면서 파렐 자이디 단장이 마지못해 승낙한 것으로 알려졌다.

제리 맥기 부단장은 박건호가 최종적인 신체검사만 통과하면 다저스의 일원이 될 수 있을 것이라고 말했다. 그러나 브라이언 최는 걱정이 컸다. 파렐 자이디 단장의 성격상 박건호의 계약을 웃으며 지켜볼 것 같지는 않았다.

물론 제리 맥기 부단장도 미니 쇼케이스까지는 준비할 필요가 있다고 조언했다.

예정에는 없지만 파렐 자이디 단장이나 앤디 프리드먼 사장이 두 눈으로 직접 박건호의 실력을 테스트해 보려 들 수도 있다는 이야기였다.

'쇼케이스, 쇼케이스라…….'

브라이언 최는 구글을 통해 다저스의 소식들을 살폈다. 그러다 다저스가 일주일 전에 쿠바 출신 우완 투수, 야디에르 알베스를 영입했다는 기사를 발견했다.

박건호와 동갑인 야디에르 알베스는 다저스를 비롯해 메이저 리그 대다수 구단이 탐내는 투수였다.

스카우터들 사이에서도 최소 메이저 리그 2선발감이라는 평가를 받을 만큼 좋은 체격 조건과 구위를 갖추고 있었다.

'양키즈가 끼어들어서 쉽지 않다더니 결국 알베스를 데려왔나 보군.'

브라이언 최가 살짝 미간을 찌푸렸다. 다저스의 팬들은 대박의 향기가 물씬 풍기는 유망주의 입단이 반가울지 모르겠지만 박건호를 먼저 생각해야 하는 브라이언 최는 도저히 웃을 수가 없었다.

게다가 야디에르 알베스는 앤디 프리드먼 사장이 직접 지시해서 데려온 케이스였다. 추정 계약금도 35만 달러의 박건호와는 비교조차 되지 않을 만큼 많았다.

최소 1천만 달러. 양키즈가 판을 키웠다면 3천만 달러 이상.

"후우……."

브라이언 최가 무겁게 한숨을 내쉬었다. 그 소리가 어찌나 크던지 옆에서 침을 질질 흘리며 자던 박건호가 잠시 몸을 뒤척거릴 정도였다.

박건호가 다시 잠에 빠져들기를 기다린 뒤 브라이언 최는 야디에르 알베스의 행적을 좇았다. 그러다 그가 현재 LA에 와 있다는 사실을 알아냈다.

'최악의 경우 알베스와 비교되는 일이 벌어질지도 모르겠어.'

브라이언 최가 엄지로 관자놀이를 꾹 눌렀다. 말 그대로 일어날 가능성이 높지 않은, 최악의 상황이겠지만 마음의 준비는 해놓아야 할 것 같았다.

2

LA에 도착한 박건호와 안승혁은 시차 적응을 위해 근처 호텔에서 하룻밤을 묵었다. 그리고 다음 날, 브라이언 최는 안승혁과 먼저 에인절스로 향했다.

"다저스 쪽과 약속한 날짜는 내일이지만 경우에 따라 하루 이틀 정도 미뤄질 수도 있습니다. 그러니까 심심하시더라도 조금만 기다려 주세요."

"몸이 찌뿌둥한데 공 던질 만한 곳은 없어요?"

"호텔 근처에 실내 야구 연습장 같은 게 있을 겁니다. 제가 프런트에 미리 말을 해놓겠습니다."

브라이언 최는 해가 지기 전에 돌아올 테니 가급적이면 호텔에서 휴식을 취할 것을 당부했다. 아직 영어가 서툰 박건호가 혼자 돌아다니는 건 위험하다고 판단했다.

하지만 박건호는 브라이언 최가 나간 지 한 시간도 되지 않아 글러브를 들고 방을 나섰다.

브라이언 최가 말한 실내 야구 연습장은 그리 멀지 않은 곳에 있었다. 게다가 규모도 제법 컸다. 그 속에서 수십여 명의 선수가 적당히 거리를 둔 채 연습을 하고 있었다.

"일단 몸부터 풀고."

박건호는 가벼운 러닝과 스트레칭으로 몸을 달궜다. 그러면서 공을 받아줄 만한 사람이 있을지를 찾았다.

'저 덩치 큰 백인은 말 걸었다가 한 소리 들을 것 같은데. 저쪽 흑인은 생긴 게 좀 무섭고. 그래, 저 사람한테 부탁해 보자.'

박건호의 시선이 포수 장비를 착용한 채 구석에서 음료수를 마시고 있는 중년 남성에게 향했다. 때마침 중년 남성도 박건호를 흥미로운 눈으로 바라보는 중이었다.

"저기……."

박건호가 조심스럽게 다가가 말을 붙였다. 그러자 사내가 씩 웃더니 기다렸다는 듯이 영어를 쏟아냈다.

"안녕, 너 이름이 뭐야?"

"건호, 건호 박."

"건? 이름 좋네. 내 이름은 마이크야, 마이크. 너 야구 선수야?"

"어, 야구 선수 맞아."

"너 어디서 왔어? 국적이 어디야? 일본? 중국?"

"아니, 아니. 한국."

"한국? 북쪽 아니면 남쪽."

"북쪽."

"북쪽?"

"아, 아니. 남쪽, 남쪽. 류현신."

"오! 다저스의 류? 같은 나라 출신이라고?"

"……으응."

"그럼 너도 투수야?"

"맞아, 투수."

"그래서 나한테 왔구나? 네 공을 받아 달라는 거지?"

"……?"

"좋아, 좋아. 던져 봐. 나도 몸을 풀어야 했는데 잘됐네."

박건호의 영어가 미숙하다는 사실을 알아챈 마이크가 비어 있는 간이 마운드를 가리켰다. 그러고는 마운드와 이어진 포수석 쪽으로 걸어갔다.

"아, 던지란 말이지?"

마이크의 영어 공격에 넝마가 됐던 박건호가 냉큼 마운드로 달려갔다. 실제 마운드보다 높이는 낮았지만 공을 던지는

데 큰 무리는 없어 보였다.

"던져 봐! 꼬마야!"

반쯤 몸을 일으키며 마이크가 누구나 알아들을 수 있는 영어로 소리쳤다. 순간 주변의 시선이 박건호에게 몰려들었다.

"베이비라니. 이렇게 큰 베이비 봤냐?"

박건호가 질근 입술을 깨물었다. 그러고는 마이크의 미트를 향해 힘껏 공을 내던졌다. 그런데……

'젠장!'

디딤발이 살짝 미끄러지면서 공이 생각보다 높게 빠져나갔다.

후앙!

요란한 바람 소리와 함께 날아간 공이 마이크의 키를 넘겨 그대로 백네트 쪽으로 날아가 버렸다. 마지막 순간에 공을 억누른다고 했는데 제대로 조절이 되지 않은 모양이었다.

'으으. 쪽팔려.'

박건호는 냉큼 고개를 돌려 로진백을 주물렀다. 말도 통하지 않는데 괜히 이런저런 핑계를 대봐야 더 구차해질 것 같았다.

"저 녀석 뭐 한 거야?"

"글쎄? 오늘 처음 공을 던지는 건가?"

박건호의 형편없는 투구에 구경꾼들이 하나같이 입가를 비틀어 올렸다.

이곳 야구 연습장은 근방에서 공 좀 던진다는 이들이 자주 드나드는 곳이었다. 박건호처럼 제구조차 잡히지 않은 투수에게 마운드를 내줄 만큼 호락호락한 곳이 절대 아니었다.

"이런, 내가 엉뚱한 녀석을 들여보냈군."

멀찍이서 박건호를 지켜보던 관리인도 이마를 짚었다. 박건호가 류현신을 연상시켜서 이용료도 안 받고 들여보내 줬는데 저 정도로 형편없을 줄은 미처 몰랐던 것이다.

"하필이면 마이크를 골라가지고는."

관리인이 포수석에 앉은 마이크의 눈치를 살폈다. 다저스의 불펜 포수인 마이크는 이곳 훈련장의 터줏대감이었다.

다저스의 날고 긴다는 투수들의 공을 받아왔기 때문에 메이저 리그를 꿈꾸는 이들은 하나같이 마이크에게 먼저 인정을 받고 싶어 했다.

마이크가 박건호의 공을 받아주겠다고 한 것도 박건호를 투수 유망주로 보았기 때문이다. 그런데 저런 어처구니없는 공을 던졌으니 마이크가 단단히 화가 났을 거라 여겼다.

하지만 정작 마이크는 빙긋 웃으며 박건호에게 공을 돌려주었다.

"괜찮아! 꼬맹아. 긴장하지 말고 제대로 한번 던져 봐."

마이크가 이번에도 베이비를 연발하며 박건호를 놀려댔

다. 그러고는 처음과는 달리 포수석에 단단히 자리를 잡고 앉았다.

'내가 잘못 본 게 아니라면……'

마이크의 미트가 얼굴 앞쪽으로 움직였다. 그 순간, 박건호가 있는 힘껏 공을 내던졌다.

후앗!

이번에도 디딤발이 살짝 미끄러지면서 공이 높게 날아들었다. 하지만 초구처럼 터무니없이 벗어나진 않았다.

'잡을 수 있어!'

마이크도 살짝 무릎을 세우며 미트를 위로 쭉 들어 올렸다. 괜히 몸을 일으켜 세웠다가 포구점이 흔들리느니 이렇게라도 공을 받는 게 낫다고 여겼다.

그런데 박건호의 공은 마이크가 생각했던 것보다 훨씬 요란한 녀석이었다.

퍼엉!

새하얀 공이 새카만 미트 가죽 속으로 사라진 순간, 묵직한 포구음이 터져 나왔다. 그와 동시에 마이크의 미트가 뒤로 벌러덩 넘어가고 말았다.

"미안!"

박건호가 냉큼 왼손을 들어 올렸다. 사인이 맞지 않은 공을 던진 탓에 마이크가 제대로 포구해 내지 못한 것이라고 여졌다.

하지만 정작 마이크의 시선은 바닥을 나뒹구는 미트를 향해 있었다.

"나 참."

마이크가 쓴웃음을 흘렸다. 메이저 리그 최고의 포수가 되겠다는 목표로 야구를 시작한 지 30년이 다 되어가는데 이런 공 하나 잡지 못했다는 게 씁쓸하기만 했다.

물론 핑계거리는 있었다. 사인을 맞추지 않은 상태에서 낯선 공이 높게 뻗어 날아들었으니 제대로 포구해 내지 못하는 것도 무리는 아니었다.

그러나 마이크는 그딴 어쭙잖은 변명으로 스스로를 위로할 생각이 없었다. 그건 다저스의 13년 차 불펜 포수로서의 자존심이 허락하지 않았다.

"그나저나 저 자식, 뭐하는 놈이지?"

땅에 떨어진 미트를 집어 들고 포수석으로 돌아온 마이크의 시선이 마운드에 선 박건호를 향했다.

처음에는 메이저 리그 드림을 꿈꾸는 동양계 루키라고만 여겼다. 다저스의 불펜 포수인 자신에게 인정받기 위해 이곳까지 찾아온 것이라고 생각했다.

그런데 막상 두 개의 공을 지켜보니 그런 생각이 싹 사라졌다.

'하나 더 받아봐야겠어.'

마이크가 박건호에게 공을 던져 주었다. 그러고는 미트를 힘차게 두드렸다.

"자, 다시 한번 던져 봐! 한국 소년!"

박건호를 향한 마이크의 호칭이 확연히 달라졌다. 그러나 투구에 집중하고 있던 박건호는 그 사실을 인지하지 못했다.

후앗!

박건호의 손끝을 빠져나간 새하얀 공이 홈 플레이트 쪽으로 날아들었다. 디딤발과 투구 밸런스에 신경을 써서 던졌지만 마운드가 익숙하지 않아서인지 이번에도 공이 높게 날아들었다.

하지만 초구와 2구 때처럼 터무니없이 높진 않았다.

타자의 어깨 높이.

장타자들이 가장 좋아한다는 그 높이.

'하이 패스트볼!'

본능적으로 공의 궤적을 파악한 마이크가 미트를 들어 올렸다. 그 순간.

퍼엉!

묵직한 포구 소리가 실내 연습장을 쩌렁하게 울렸다.

"후우……."

3구 만에 제대로 된 공을 던진 박건호가 후련한 표정을 지었다. 만약 이번에도 공이 제멋대로 날아갔다면 얼굴을 감싸쥐고 마운드를 내려가야 했을지 몰랐다.

물론 100퍼센트 만족스러운 공은 아니었지만 적어도 한국 망신은 시키지 않아서 다행이라는 생각이 들었다.

"어때? 내 공이. 제법 쓸 만하지?"

박건호가 씩 웃으며 마이크를 바라봤다. 그러자 마이크가 천천히 자리에서 일어나더니 다저스의 주전 선수들을 대하듯 힘차게 공을 되돌려 주었다.

"좋은 공이야!"

초구, 2구에 비하면 구속은 다소 줄어든 감이 있었다.

95mile/h(≒152.9㎞/h) 정도.

구속만 놓고 보자면 메이저 리그 입성을 노리는 슈퍼 루키들에 비할 바 못 됐다. 하지만 공의 무브먼트는 수준급이었다. 속도 측정기에 찍히는 숫자에만 현혹되어 깃털처럼 가벼운 공을 던져 대는 루키들과는 레벨이 달랐다.

더욱 놀라운 건 제구 능력이다. 자신이 테스트용으로 만든 마운드에서 고작 3구 만에 밸런스를 잡아냈다.

시즌이 끝나거나 경기가 없을 때면 근방의 유망주들은 기다렸다는 듯이 마이크를 찾아왔다. 그리고 자신의 공을 봐 달라며 애걸복걸했다.

그때마다 마이크는 유망주들의 공을 기분 좋게 받아주었

다. 자신이 공을 받아준 누군가가 장차 다저스의 주축 투수가 될지도 모른다는 희망 때문이었다.

물론 대부분의 공은 형편없었다. 다저스와 에인절스라는, 메이저 리그 구단이 두 개나 자리 잡고 있는 LA에서 에이전트의 눈에 띄지 못하고 마이크를 찾아왔다는 건 그만한 실력이 없다는 의미였다.

그러다 아주 가끔씩 괜찮은 공을 던지는 투수들을 만나면 마이크는 이름을 기억해 두었다가 구단 스카우터들에게 넌지시 일러주었다. 그리고 그들 중 일부는 다저스와 마이너 리그 계약을 맺기도 했다.

이 같은 사실이 전해지면서 마이크를 찾는 이들이 급증했다. 근방은 물론이고 멀리 뉴욕에서 찾아오는 이들도 생길 정도였다.

어떤 날은 마이크가 온다는 소식에 50여 명의 선수가 미리 와 대기하고 있기도 했다.

말이 좋아 50명이지 그들을 상대로 10구씩만 공을 받아줘도 500구였다. 마이크가 하는 일이 투수의 공을 받는 것이라지만 쉬지 않고 500구를 받다 보면 골병이 날 수밖에 없었다.

솔직히 재능 없는 투수의 공은 3개만 받아봐도 알았다. 하지만 마이크를 기다려 온 선수들은 하나라도 더 많은 공을 던지겠다며 버텼다. 10구 제한을 뒀지만 받아들이지 않고 20구,

30구를 던지려 했다.

그 과정에서 크고 작은 마찰이 생기자 마이크는 작년 이맘 때쯤 야구장 관리인과 논의해 마운드 하나를 확 뜯어고쳐 버렸다. 일종의 테스트 전용 마운드를 만든 것이다.

일반적인 마운드에 비해 높이를 낮추고 질 나쁜 모래를 깔았다. 마운드의 환경 자체가 나빠지니 재능 있는 투수를 제외하고는 제대로 공을 던지지도 못했다.

덕분에 올 초부터 마이크를 찾는 이들이 뚝 떨어졌다. 시즌이 끝난 요즘에도 많아야 두세 명 정도 찾아올 뿐이었다.

하지만 마이크는 문제의 마운드를 없애지 않았다. 젊은 불펜 포수들이 자신의 자리를 위협하고 있는데 어중이떠중이들의 공을 받으며 시간을 빼앗길 수는 없다고 여겼다.

그래서 박건호가 짧은 영어로 다가왔을 때 마이크는 곧바로 테스트용 마운드로 안내했다. 솔직히 큰 기대는 없었다. 많이 버티면 5구 정도. 체격이 좋다 보니 마운드의 변화에 쉽게 적응해 내지 못할 것이라고 생각했다.

그런데 박건호가 고작 3구 만에 제대로 된 공을 던져 냈다. 지난 1년간 단 한 명도 10구를 버티지 못한 마운드에서 말이다.

'하나만 더 받아보자.'

마이크가 조심스럽게 미트를 들어 올렸다. 만약 이번 공까지 제대로 들어온다면 박건호에 대한 1차 테스트를 끝낼 생각이었다.

그러자 박건호가 기다렸다는 듯이 공을 내던졌다.

퍼엉!

3구째보다 더 빠르게 날아든 공이 거의 한복판에 박혀 들었다.

'이 녀석은 진짜야.'

마이크의 입가를 타고 오랜만에 웃음이 번졌다. 고작 불펜 포수로서 판단할 만한 재능은 아니지만 이것 하나만큼은 확신이 들었다.

메이저 리그감.

중간에 야구를 포기하지 않는 한은 어떻게든 메이저 리그에 이름을 올릴 수 있을 것 같았다.

"좋아! 건! 자리를 옮기자!"

마이크가 한가운데, 가장 좋은 피칭 라인으로 자리를 옮겼다. 그러고는 박건호에게 맞은편에 서라고 손짓했다.

"뭐야? 저기하곤 완전 딴판이잖아?"

마운드의 상태를 확인한 박건호의 표정이 확 달라졌다. 아주 잠깐, 일부러 엉망인 마운드에서 던지게 한 것 같아 화가 치밀었지만 이내 피식 웃어넘겼다. 어쨌든 마이크는 자신을 새 마운드로 안내했다. 그건 자신을 인정했다는 소리나 다름

없었다.

그렇다고 해서 형편없는 마운드에서 고생한 걸 그냥 넘어갈 생각은 없었다.

"이제부터 제대로 된 공을 던져 주지."

꼼꼼하게 마운드를 고른 뒤 박건호가 단단히 투수판을 밟았다. 박건호의 속내도 모른 채 마이크가 웃는 얼굴로 미트를 들어 올렸다.

그 순간, 박건호가 방아쇠처럼 투수판을 박차고 앞으로 튕겨 나갔다.

후아앗!

박건호의 손끝을 빠져나온 공이 요란한 굉음을 내지르며 홈 플레이트로 날아들었다. 그러고는 인정사정없이 마이크의 미트 포켓 속에 파묻혔다.

"윽!"

마이크가 신음을 내뱉으며 오른손으로 미트를 틀어막았다. 손바닥뼈까지 울리는 통증 때문에 하마터면 공을 놓칠 뻔했기 때문이다.

"마이크, 괜찮아?"

잔뜩 이맛살을 찌푸린 마이크를 바라보며 박건호가 능청스럽게 영어를 내뱉었다.

"저 자식이!"

얼얼해진 손바닥을 주무르며 마이크가 잔뜩 이맛살을 찌푸렸다.

마음 같아선 당장 마운드로 올라가서 멱살을 잡아 비틀고 싶었지만 한복판으로 들어오는 공을 가지고 화를 낼 수는 없는 노릇이었다.

게다가 마운드 높이까지 더해 족히 7피트(≒216.4cm)는 되어 보이는 박건호가 멱살을 잡혀줄 것 같지도 않았다.

"제레미! 내 가방에서 장갑 하나만 더 꺼내 줘!"

마이크가 저만치서 구경 중인 배불뚝이 사내에게 소리쳤다. 그러자 사내, 제레미가 마이크의 가방을 통째로 들고 다가왔다.

"장갑만 가져다 달랬잖아."

"미트도 필요할 것 같아서."

"무슨 소리야?"

"지금 미트 손에 딱 맞는 거잖아. 저 녀석 공 장난 아니던데 조금 큰 걸로 바꿔 끼는 게 좋지 않을까?"

"쓸데없이 오지랖은."

살짝 미간을 찌푸리던 마이크가 왼손에 얇은 장갑을 하나 덧씌웠다. 그러고는 여분으로 가지고 다니던 미트 중에 약간 헐거워진 녀석을 잡아 들었다.

"오, 그게 아직도 있었어?"

미트를 알아본 제레미가 눈을 반짝였다. 그러자 마이크가 당연하다는 표정을 지었다.

"누가 준 건데. 잘 보관했다가 내 자식들한테 물려줄 거라고."

미트를 꼼꼼하게 착용하던 마이크의 시선이 손등 쪽에 새겨진 자수로 향했다. 그곳에는 '슬레이튼 커쇼가 친구에게'라는 문장이 황금색 실로 선명하게 박혀 있었다.

다저스의 에이스이자 메이저 리그 최고 투수로 군림하고 있는 슬레이튼 커쇼도 신인이던 시절이 있었다.

유망주라는 꼬리표를 매달고 다른 경쟁자들을 앞서가기 위해 발버둥 치던 그때 슬레이튼 커쇼의 공을 가장 많이 받아주었던 상대가 바로 마이크였다.

'커쇼, 네가 그랬지? 이 미트로 네 뒤를 이을 만한 투수의 공을 받아주라고. 미트가 워낙 해져서 그 약속 못 지킬 뻔했는데 어쩌면 지키게 될지도 모르겠다.'

미트를 주먹으로 팡팡 두드린 뒤 마이크가 포수석에 앉았다.

"좋아. 포수라면 그래야지."

박건호가 씩 웃으며 고개를 끄덕였다. 그러고는 마이크의 미트를 향해 힘껏 공을 내던졌다.

퍼엉!

총알처럼 날아간 공이 묵직한 포구 소리를 남기고 사라졌다.

 "헉!"

 "대체 뭐가 지나간 거야?"

 구경꾼들의 입에서 절로 탄성이 터져 나왔다.

 기껏해 봐야 싱글 A나 더블 A급 유망주들만 봐왔던 이들에게 박건호의 공은 신세계나 다름없었다.

 구속도 상당했지만 큰 키와 긴 팔을 이용해 내리찍듯 던지는 포심 패스트볼의 무브먼트는 여느 메이저 리그 투수들과 비교해 봐도 손색이 없을 정도였다.

 "저 녀석, 이번에 다저스가 계약했다던 알베스인가 뭔가 하는 그 투수 아냐?"

 "이 멍청아! 야디에르 알베스는 쿠바 출신이라고. 게다가 우완 투수야!"

 "그럼 저 녀석은 정체가 뭐야? 저런 녀석이 왜 이런 곳에서 공을 던지고 있는 거야?"

 "그게 뭐가 중요해? 시끄러우니까 입 다물고 있어. 이런 때가 아니면 우리가 언제 저런 공을 코앞에서 구경하겠어. 안 그래?"

 구경꾼들이 하나둘씩 박건호의 투구에 빠져들었다.

 "젠장할! 그럼 내가 안 보이잖아!"

이리저리 고개를 움직이던 관리인도 사무실을 박차고 나와 한 자리 차지하고 앉았다.

그렇게 얼마가 지났을까.

"이봐, 페터슨. 관리인인 자네가 여기서 뭐 하는 거야?"

반쯤 넋이 나가 있던 관리인 피터의 머리 위쪽에서 퉁명스러운 목소리가 들려왔다.

"······!"

순간 관리인 페터슨이 화들짝 놀라며 고개를 돌렸다. 아니나 다를까. 등 뒤에는 전 다저스의 부단장이자 실내 야구 연습장의 실소유주인 오건 화이트가 서 있었다.

"어, 언제 오셨어요?"

"방금. 그런데 자리를 비우고 있으면 어떻게 해?"

"죄, 죄송합니다."

"그건 그렇고 저 친구는 누구야?"

"아, 저 친구로 말할 것 같으면······."

"짧고 간단하게."

"처음 보는 친구입니다. 영어를 잘 못하는데 들어오려고 안쪽을 기웃거리기에 들여보냈습니다. 왠지 류현신이 생각나서요."

"그래?"

순간 오건 화이트의 두 눈에 흥미가 번졌다. 류현신은 그가 직접 데려온 한국 최고의 좌완 투수였다.

비록 지금은 부상으로 신음하고 있다지만 데뷔 시즌인 2013년과 이듬해 2년 연속 14승을 달성하며 슬레이튼 커쇼-맥 그래인키와 함께 내셔널 리그 최강의 선발진을 이룰 만큼 뛰어난 피칭을 선보이기도 했다.

오건 화이트가 마운드 쪽으로 눈을 움직였다. 왼쪽 옆구리에 글러브를 끼운 채로 오른손에 수건을 들고 땀을 닦아내는 모습이 확실히 류현신과 많이 닮아 보였다.

"체격은 비슷한 거 같은데 공은 어때?"

"엄청납니다. 100마일은 나올 걸요?"

"100마일이라니. 허풍이 지나치잖아."

"그래도 95마일 이상은 나올 겁니다. 저 녀석이 공을 던질 때마다 이곳이 쩌렁쩌렁하게 울리니까요."

"아무튼 입만 살아가지고는."

오건 화이트는 페터슨의 말을 믿지 않았다. 제 눈에 조금만 괜찮아 보인다 싶으면 실력을 몇 곱절은 부풀리는 페터슨이 성격상 90mile/h(≒144.8km/h)만 나와도 다행이라고 여겼다.

하지만 그 편견이 깨지기까지는 그리 오랜 시간이 걸리지 않았다.

퍼엉!

채 1분도 지나지 않아 묵직한 포구 소리가 연습장을 쩌렁하게 흔들어 놓았기 때문이다.

"……!"

무표정한 얼굴로 박건호의 피칭을 지켜보던 오건 화이트가 입을 쩍 하고 벌렸다. 설마하니 페터슨의 말이 진짜일 줄은 전혀 예상하지 못했던 것이다.

"좋아! 좋아!"

마이크가 고개를 끄덕거리며 자리에서 일어났다. 그러고는 다저스의 투수를 대하듯 정중하게 공을 돌려주었다.

꿀꺽.

오건 화이트는 재빨리 시선을 마운드로 돌렸다. 그리고 눈을 부릅뜬 채 박건호의 투구를 다시 지켜보았다.

좌랏!

세트 포지션 자세로 투수판을 밟은 박건호가 순식간에 마운드를 박차고 앞으로 튕겨 나갔다.

후웅!

류현신을 연상시키는 우직한 체격에서 뿜어져 나온 힘이 고스란히 공끝에 실려 홈 플레이트 쪽으로 곧게 뻗어 나갔다. 그리고.

퍼엉!

포수의 미트 속을 거침없이 파고들었다.

고막을 후려치는 포구 소리에 오건 화이트는 정신이 번쩍 들었다. 그러자 옆에 서 있던 페터슨이 씩 웃으며 말을 걸었다.

"어때요? 장난 아니죠?"

"그래, 대단하군."

"이래도 날 허풍쟁이라고 부를 건가요? 저 정도면 최소한 류현신보다는……."

"쉿. 조용, 조용히. 알았으니까 그 냄새나는 입 좀 다물라고."

"쳇."

입술을 삐죽거리는 페터슨을 뒤로한 채 오건 화이트는 박건호의 투구를 살피고 또 살폈다. 그렇게 또 한 세트의 투구 (10구)가 끝나고서야 가슴속에서 뜨겁게 달궈진 날숨을 내쉬었다.

"물건이군, 물건이야."

오건 화이트는 감탄을 금치 못했다. 류현신을 연상시키는 박건호에게서 류현신의 향수라도 느낀다면 다행이라 여겼는데 결과는 기대 이상이었다.

무엇보다 마음에 드는 건 포수의 머리 쪽으로 내리꽂히는 포심 패스트볼이었다.

족히 96mile/h(≒154.5㎞/h)은 되어 보이는 공이 저런 각도로 좌타자 몸 쪽을 파고든다면?

어지간한 레벨의 타자들은 꼼짝 못하고 당할 수밖에 없을 것 같았다.

물론 고작 포심 패스트볼 하나만 가지고 속단하긴 일렀다. 마이너 리그에 100mile/h의 포심 패스트볼을 자랑하는 유망주들은 차고 넘쳤다.

그 포심 패스트볼을 뒷받침해 줄 만한 수준급 세컨드 피치와 준수한 서드 피치가 없다면 메이저 리그에서 공을 던질 기회조차 잡기 어려운 게 현실이었다.

류현신도 수준급 체인지업과 준수한 슬라이더, 커브를 던질 줄 알았다. 그리고 그 구종들을 섞어 타자들을 상대하는 요령을 가지고 있었다.

'변화구를 봤으면 좋겠는데…….'

때마침 박건호가 휴식을 끝내고 다시 피칭에 들어가려 하자 오건 화이트가 다급히 포수석 쪽으로 다가갔다.

"마이크!"

"와우, 오건! 언제 왔어요?"

"방금. 그동안 잘 지냈지?"

"나야 늘 똑같죠. 그런데 오건은 여기 있어도 되는 거예요? 파드리스의 유망주들을 찾기 위해 정신없이 돌아다녀야 할 때 아니에요?"

오건 화이트에게 반갑게 손을 내밀면서도 마이크는 내심 경계심을 늦추지 않았다.

2년 전에야 다저스에서 한솥밥을 먹던 사이였지만 지금은 사정이 달랐다.

단장 자리를 마다하고 다저스를 떠난 오건 화이트는 지구 라이벌 구단 파드리스로 자리를 옮겨 버렸다. 그리고 파드리스에서 스카우터들을 총괄하는 역할을 담당하고 있었다.

불펜 포수에서 은퇴하면 다저스의 스카우터로 활약해 보겠다는 청사진을 가지고 있는 마이크에게 눈앞의 오건 화이트는 라이벌이나 다름없었다.

그러나 노련한 오건 화이트의 눈에 마이크는 햇병아리에 불과했다.

"정말 보고 싶었어. 그렇지 않아도 피터를 만나러 가던 참에 자네 생각이 나서 잠깐 들린 거야."

"피터? 구단주 피터요?"

"그래, 피터 영감. 내가 그 영감 말고 만날 사람이 누가 있겠어. 안 그래?"

피터 오일리는 다저스의 공동 구단주 중 한 명이었다. 마크 윌리엄의 등장으로 예전만큼 영향력을 행사하진 못하고 있지만 다저스의 팬들은 여전히 그를 진짜 구단주로 인식하고 있었다.

"그럼 다저스로 다시 돌아오는 거예요?"

"아직까지는 몰라. 하지만 잘되겠지."

"아니에요. 오건, 꼭 돌아와야 해요. 지금 다저스에겐 오건의 능력이 필요하다고요."

마이크의 표정이 순식간에 달라졌다. 만약에 오건 화이트가 정말로 다저스로 복귀한다면 두 손 두 발 들고 환영해 줄 생각이었다.

그러나 오건 화이트는 자신의 미래를 논의하기 위해 마이크에게 접근한 게 아니었다.

"그건 그렇고 저 친구는 누구야?"

"아, 저 녀석이요? 건이라고 류현신과 같은 나라에서 왔다는데요."

"그래? 나이는? 스물하나? 스물둘?"

"아뇨, 열아홉이래요."

"열아홉? 그게 확실해?"

"네."

오건 화이트가 다저스로 돌아올지 모른다고 넘겨짚은 마이크는 자신이 알고 있는 사실을 하나도 빠짐없이 털어놓았다.

"그런데 저 녀석, 던질 수 있는 건 포심뿐이야?"

"그건 아직 확인 안 해봤는데 그건 왜요?"

"왜긴 왜야. 내가 아까 한 말 잊었어?"

"아……! 피터 구단주에게 슬쩍 일러줄 생각인 거죠?"

오건 화이트는 대답 대신 빙긋 웃어 보였다. 그러자 마이크가 마치 제 일이라도 되는 것처럼 호들갑을 떨어댔다.

"피터 구단주에게 저 녀석, 정말 대단하다고 말해주세요. 정말이에요. 몇 개 받지도 않았는데 벌써부터 손바닥이 울릴 지경이라고요."

"그건 걱정하지 말고 다른 구종도 던질 수 있나 확인해 봐."

"아, 잠깐만요."

마이크는 박건호에게 다가갔다. 그리고 손짓을 섞어가며 한참을 이야기한 뒤에 다시 오건 화이트에게 돌아왔다.

"슬라이더하고 체인지업, 커브를 던진다는데요."

"그래? 한번 볼 수 있는 거야?"

"네, 본인도 던지고 싶어 하는 눈치였어요."

"좋아, 그럼 가서 제대로 리드해 봐."

"오건의 부탁이라면 당연히 들어드려야죠."

"참, 가능하면 타자 한 명 세워놓고."

"타자를요?"

"그냥 세워만 둬. 알잖아? 타자가 있을 때와 없을 때 확 달라지는 투수가 많은 거."

"아, 네. 알겠습니다."

오건 화이트의 지시대로 마이크는 덩치 큰 흑인 사내 한 명을 좌타석에 세웠다.

"쳐도 되는 거지?"

보호 장비 없이 방망이를 들어 올리며 사내, 모렐이 마이크를 바라봤다.

"자신 있으면."

마이크는 굳이 말리지 않았다. 박건호가 던지는 포심 패스트볼을 때려낼 수 있을 정도라면 모렐 역시 이런 실내 연습장을 기웃거릴 이유가 전혀 없었다.

"좋아. 던져 봐, 원숭이야."

타석에 들어선 게 신이 난 듯 모렐이 길게 입가를 찢었다. 그 순간.

후앗!

박건호의 손끝을 빠져나온 새하얀 공이 곧장 모렐의 얼굴 쪽으로 날아들었다.

"윽!"

모렐이 기겁을 하며 엉덩방아를 찧었다. 그러고는 죽일 듯 박건호를 노려보았다.

그러나 박건호는 눈 하나 까딱하지 않았다. 오히려 호기롭게 영어로 도발을 했다.

"들어와! 들어오라고!"

박건호의 손짓에 모렐이 질근 입술을 깨물었다. 하지만 마운드로 달려 올라가진 못했다. 자신보다 머리 하나 정도는 더 큰, 96mile/h의 포심 패스트볼을 얼굴로 내던지는 배짱까지 갖춘 박건호를 상대로 이길 자신이 들지 않았던 것이다.

"젠장할!"

자리에서 일어난 모렐이 방망이를 내던지고는 타석에서 나가 버렸다. 그를 대신해 또 다른 흑인 사내, 케일이 바통을 이어받았다.

"너도 인종차별주의자야?"

"내가 제일 혐오하는 게 색깔 운운하는 새끼들이야."

"좋아, 그럼 입 꾹 다물고 타석에 집중해."

"걱정하지 마. 나는 저 녀석처럼 멍청하게 당하지 않을 거니까."

케일은 모렐만큼이나 자신만만한 표정을 지었다. 박건호의 포심 패스트볼이 충분히 눈에 익은 만큼 얼마든지 때려낼 수 있다고 여겼다.

하지만 타석에서 본 박건호의 공은 밖에서 지켜봤을 때 보다 훨씬 빠르게 홈 플레이트를 지나가 버렸다.

그뿐만이 아니었다.

"자, 잠깐! 이건 슬라이더잖아!"

"맞아, 슬라이더."

"슬라이더를 왜 던지는 거야?"

"왜 던지다니? 그럼 설마 아무 이유 없이 널 타석에 세웠겠어?"

"젠장할!"

그렇게 케일은 단 하나의 공도 건드리지 못한 채 헛스윙만

하고 타석에서 내려오고 말았다. 그다음에 타석에 오른 존도 마찬가지였다.

따악!

마지막 커브를 살짝 건드려 본 걸 제외하고는 박건호에게 철저히 농락당하고 말았다.

"흠······."

잠깐이나마 박건호의 변화구를 살펴본 오건 화이트의 표정이 차분하게 변했다.

생각보다 박건호의 변화구는 나쁘지 않았다. 평균 수준의 체인지업과 슬라이더. 아직 미숙하긴 하지만 가능성이 보이는 커브. 이 정도면 선발 투수로서의 가능성은 차고 넘칠 정도였다.

게다가 타자가 있을 때와 없을 때의 차이도 거의 없었다. 오히려 타자가 타석에 들어설 때 조금 더 무브먼트가 사는 것 같은 느낌을 받았다.

"일단 이 정도면 충분해."

약속 시간이 다 되자 오건 화이트는 서둘러 야구 연습장을 빠져나갔다. 그리고 오랜 친구인 피터 오일리 구단주를 만나 저녁 식사를 즐겼다.

그 자리에서 오건 화이트가 박건호에 대해 언급한 건 단 한 번뿐이었다.

조금 전에 재미있는 친구를 봤다. 류현신과 같은 나라 출신인데 류현신의 어린 시절보다 훨씬 좋은 공을 던질 줄 알았다.

피터 오일리 구단주도 예의상 몇 마디 받아준 걸 제외하고는 별다른 관심을 보이지 않았다. 하지만 피터 오일리 구단주의 일거수일투족을 감시하고 있는 마크 윌리엄 구단주는 생각이 달랐다.

"류현신과 같은 나라 출신? 누군지 확인해 봤나?"

"걱정하지 않으셔도 됩니다. 오건 화이트가 한발 늦었으니까요."

"늦다니?"

"박건호라고 다저스와 계약을 하기로 이야기가 끝낸 친구였습니다."

"그래?"

오건 화이트가 헛물을 켰다는 말에 마크 윌리엄 구단주의 입가에도 웃음이 번졌다. 하지만 그것도 잠시, 박건호를 데려온 게 부단장인 제리 맥기라는 사실에 다시금 미간을 찌푸렸다.

"파렐이 아니라 제리의 작품이라고?"

"네, 파렐 자이디 단장은 류현신의 예를 들며 반대했던 것으로 알고 있습니다."

"그럼 앤디가 잡아 놓은 쇼케이스는 뭐야?"

"그게…… 아마 야디에르 알베스를 위한 자리 같습니다."

"야디에르 알베스?"

"네, 그리고 들리는 소문으로는 그 자리에서 박건호의 기를 꺾어놓을 생각인 모양입니다."

"허……!"

마크 윌리엄 구단주의 입에서 헛웃음이 터져 나왔다. 앤디 프리드먼 사장이 제리 맥기 부단장을 고깝게 여긴다는 걸 모르진 않았다.

하지만 다저스를 위해 데려온 인재를 이런 식으로 물 먹이려 드는 건 용납할 수 없는 일이었다.

"앤디에게 전화 넣어! 지금 당장!"

마크 윌리엄 구단주의 호통에 비서가 곧바로 전화기를 집어 들었다. 그렇게 박건호를 제물 삼아 제리 맥기 부단장의 콧대를 꺾으려던 앤디 프리드먼 사장의 계획이 어긋나기 시작했다.

to be continued

우지호 장편소설

빅 라이프

돈도 없고 인기도 없는 무명작가 하재건,
필사적으로 글을 써도
절망뿐인 인생에 빛은 보이지 않는데…….

어느 날,
그가 베푼 작은 선의가
누구도 믿지 못할 기적이 되어 찾아왔다!

'글을 쓰겠다고 처음 결심했던 때를
잊지 말게.'

무명작가의 인생 대반전!
지금 시작됩니다.

REBIRTH ACE 리버스 에이스

한승현 장편소설

프로 선수 16년, 코치 6년.

가늘고 길게 평범하게만 살아왔던
특출한 것 없는 야구 인생이었다.

그때 조금만 더 열심히 할걸.
고등학교 시절로 돌아간다면,
정말 좋은 투수가 될 수 있을 텐데……

**후회하며 잠든 그가 눈을 떴을 때,
그는 과거로 돌아와 있었다.**

불세출의 에이스가 되기 위한
한정훈, 그의 빛나는 인생이 시작된다!